像我這樣□□的老師

廖玉蕙 文 蔡全茂 圖

A teacher like m

CONTENTS

目錄

001 填海的精衛鳥／廖玉蕙

——《像我這樣的老師》新版序

005 像她這樣的老師／黃碧端

007 如歌似夢（自序）／廖玉蕙

【卷一】人生聚散眞容易

016 粗糲了的溫柔

028 被施了魔法的靈魂

035 諦聽美麗的謳歌

042 人生聚散真容易

049 一定要幸福哦！

058 強做調人

066 破繭而出

077 人際的困惑

081 美麗的秋天

CONTENTS

目錄

084 多年前嫁出去的女兒
090 青年Ｊ君的煩惱

【卷二】像我這樣的老師

102 像我這樣的老師
110 像您這樣的教授！
114 向演講者致敬？
118 蟬鳴熾烈的午後
121 翩飛的蝶
126 噩　夢
132 文學生命的流動
139 像這樣的學生
145 聞香下馬
148 人情味兒

CONTENTS

目錄

151 如果連您都不肯答應！
154 遲繳之必要

【卷三】 像我這樣的學生

164 任憑你八方風雨
171 護岸小桃紅滿樹
180 歲月也無法摧毀的
185 寫博士論文的那個新年
192 重溫文學的溫暖
200 歲月無聲流去
202 別——敬悼靜農師
210 圈 外
216 從年少癡狂到煙塵滿面

CONTENTS

目錄

221 老師！請慢慢走

223 在虛構的電影世界裡

【卷四】常常走到軌道之外

——廖玉蕙答客問

232 像流水般順勢走去

234 找好男人像買公益彩券

237 人生苦短，豈忍耽溺沮喪？

240 以五十歲的世故譏嘲十八歲的天真？

243 常常走到軌道之外

245 那場夾雜著絲瓜煎蛋香味的歡會

填海的精衛鳥
——《像我這樣的老師》新版序

九歌總編輯通知我《像我這樣的老師》即將改版重印，讓我寫個新版序。

我取出藏書，細細重閱，往事忽焉翻湧前來。我在初版序裡寫著「我的教書生涯，一路蜿蜒，共計二十六載」，如今赫然又過了八年餘，這樣簡單的算術真讓我心驚不已。我竟然教了三十四年的書了！像我這樣的人，毫無耐性，空有熱心，缺乏秩序，竟然在學校的講台上，一站就是這麼多年。到底是為了謀生？為使命感驅策？是興趣使然？是慣性所致？還是其他的什麼原因，事到如今，還真是無法查考了。

這八年內，我又經歷了一次大遷徙，由世新大學中文系轉學到國立台北教育大學語文與創作系。像我這樣的老師！好似總被命運眷顧著，它驅使著我一步步走向最接近自己情性的地方：由中正理工學院文史系而世新大學中文系；由世新中文系轉進國北教大語文與創作系，學術生涯逐步趨近自身創作興趣，直達工作與生活合而為一的最佳狀態。

我由傳統載欣載奔至現代，像蛻殼的蟬般，脫去僵硬的專業學識，翩翩飛進現代文學的鳥語花香中，直接凝眸注視最基礎的語文教育。這些年，我走進專門培養師資的大學校園；在《聯合報》的「名人堂」專欄撰寫語文教育相關議題，接下為兒少刊物寫作經典普及的專欄；踏進國立編譯館擔任國小課本的審議委員；奔走南北校園，和國中、小及高中、大學老師切磋教學方法，和學生面對面談文說藝；並參與各項教育政策的諮詢與討論。我飛越古典的藩籬，將書本裡的知識和現實生活中的觀察緊密結合。雖然經常感受傳統勢力的龐大與強悍，時時有撼動不易的挫折，自覺像古神話裡的精衛鳥一樣，揮動小翅膀，辛苦地銜著小枯枝從東海直飛到西山以填海，雖明知注定徒勞，卻從不言悔。

人生難再有另外的三十四年呵！我把教育當成終身志業，把文學創作視作生命寄託。接近退休之年，回頭再度審視這樣一本終身志業與生命寄託的合體紀錄，竟無端被自己深深震動了。它匯聚著多方的緣會，承載著說不盡的師生情誼，如果內容過度纏綿，應該也是會被體諒與理解的吧！我如是認定，也這樣期待著。

廖玉蕙 寫於二〇一二年十月三十一日

像她這樣的老師

黃碧端

我常常答應了事情，等到要出力去兌現的時候，便開始後悔。答應廖玉蕙教授為她的書寫序當然也是這樣。但是不能不承認，一邊後悔，一邊讀她要出的書，仍是一個愉快的經驗。在台灣的許多作家裡，玉蕙是少有的「愉快」的一位——寫作的人多數有幾分陰鬱沉重，不然便是策略性地嘻笑諷世；唯獨玉蕙，生活裡隨處拈來都是趣味，儘管也有時借題諷喻，但每每洩的是自己的底折的是自己的台，嘻笑之間甚至啼笑之際，題旨自現文章已成。玉蕙散文的「愉快」，是她天性愉悅而又溫柔敦厚的必然結果。

這本集子題為《像我這樣的老師》，多數寫的是她多年來教學歷程中和學生之間的故事。我們從中看見她和門生子弟悲喜與共，相處如親；也看到她在言教身教上的分寸與堅持——以及未能堅持時的自嘲懊喪失悔。倘若說諧趣是玉蕙的敘事特質，則倫理信念是她的基層價值，貫穿其間的，應該是她的多情。她對親人師友多情，對學生多情，對週遭草木人事多情，……這種多情，有時表現在她自稱的「容易激動」、「好哭」、「感情豐富」上，但背後是她溫柔感知的能力，英文裡叫compassion，這種能力其實是一個好的散文家的必要條件。書中幾篇記述師恩的文章，尤其見得深情。玉蕙寫她的小學老師，寫申丙、臺靜農諸先生，都很動人。她的文字既能諧趣，也能抒感；淺白處逗人開懷，深情處使人改容。

玉蕙的文字看似輕鬆，但絕少瑕疵。她對「媽媽的語言」的處理，也見功力，諧聲擬字，生動自然，不似有些特地彰顯台語特色者的彆扭。我相信，這都是文字的先天敏銳加上後天勤於琢磨的結果。

我自己忝為教育工作和寫作的「同行」，看到玉蕙這本以寫作和教育相加的成果，雖說「後悔」，其實樂在閱讀，更樂為之序。

（本文作者爲國家兩廳院藝術總監）

如歌似夢（自序）

我的求學歷程，斷斷續續，前後幾近二十四年。我的教書生涯，一路蜿蜒，共計二十六載。仔細想來，自六歲入學後，除了碩士畢業並發現懷孕那年我避居龍潭待產之外，堪稱和校園纏綿悱惻到底。

我當學生時，成績時好時壞，卻真是個品行優良的乖學生。從小學到研究所全勤，不蹺課、不遲到、不早退，遵守所有的規範，不給老師找丁點兒麻煩，一逕乖乖坐在教室正前方，努力以各式表情回應老師的教學：皺眉表示疑惑、點頭聲明理解、微笑意味心領神會。當了老師以後，我才知道，這樣的學生曾經帶給老師多大的安慰！

小學時，我的成績算是相當優秀的，無論雞兔同籠、植樹問題、計算面積……等都難不倒我。上了初中，不知哪個環節出了差錯，成績開始一落千丈。我曾認真緝兇，發現分解因式絕對是罪魁禍首。三年之間，居然一題都沒分解出來過！加上記誦功夫極差，背書老是丟三落四，成天惶惶惑惑，只覺諸事不順。這樣全程受困的少女時代，簡直不堪回首。因為被分解因式糾纏不放，導致所有學科全盤皆輸。高中聯考落榜，是致命一擊，使我的信心一夕崩盤。我變得自卑，信心全無。其後，考上研究所，情況仍未改善。我老覺得自己智商一定有問題，極力規避智力測驗，唯恐被證實果然智能不足。唸研究所時，因為東吳的師資多半來自台大，兩校研究生互有往來，甚至一起上課。研二那年，忘了是哪位學姊結婚，我們前後期同學結伴去喝喜酒，有台大、有東吳。酒過三巡，同學一起去給教授敬酒。教授們彷彿都有些酒意了，人馬雜沓中，當時中研院史語所所長屈萬里先生忽然朝著其他老師說：

「這麼多學生裡，就數廖玉蕙最聰明。……」

我驀地鼻頭一酸，眼淚就在眼眶裡直打轉，其他人還說了些什麼，我一句也沒記下。回家的路上，我刻意落單。一路上，淚眼婆娑，怎麼也停不住。那夜的月光、斑駁的樹影，甚至迎面的微風，幾十年後的今天，依然歷歷如昨。屈老師也許只是一句醉語，對我的意義卻非比尋常：

「啊！原來我不笨，我是聰明的！經過國學大師認定的。」

十幾年間，我心裡住了個自卑的小鬼，如果我在班級裡表現優異，我便想著中文系再優秀，也是所有科系裡的末流；如果我在某方面竟打敗了其他科系的同學，我就告訴自己，人外有人、天外有天，東吳大學的學生怎比得過台大！大三時，參加全國編輯人研習會，和台大、師大等幾十個學校的校刊主編同場競技，僥倖得到青睞，被延攬進《幼獅文藝》擔任編輯，我從不覺得自己厲害，只慶幸運氣實在太好。就這麼疙疙瘩瘩地掙扎著，從來沒給過自己掌聲，拚命仰首欣羨他人。而就在一個觥籌交錯的晚宴上，不經意間，忽然聽到一位經學大師說我是聰明的！如雷貫耳，也如青天霹靂，我一下子簡直撐不住了！那年，我二十六歲。

從那夜之後，在人群中，我站得筆直、昂首闊步，不再俯首低眉、畏畏縮縮。雖未必驕傲，卻看重自己；雖仍屢經失敗，卻永遠抱持希望。我重拾信心後，人生彷彿也因此變得開闊悠長。

接著，我開始為人師表。

一開始，我任教軍校。也許是教室容量不足，我上課的專科部學生被分配到士官學校的教室裡上課。年輕的我，穿著寬裙，戴上草帽，坐著軍車，像是去郊遊。學生喜歡作弄年輕的女老師，看我發窘，然後，哈哈大笑。我花了不少的時間建設自己並「收拾」他們。我請他們到家裡包水餃，和他們一起出遊，花時間指導社團，……我把年輕的歲月和學生分享，有時佯裝嗔怒，以平息嬉鬧；有時故作正經，為增進學習成效；有時開懷大笑，全然不顧為人師表的形象。有歌、也有夢，我帶著他們看電影，討論人生；我領著他們悠游文學的世界，接受文學的潤澤；我和他們一起探看文學藝術的繁花盛景，齊聲讚嘆文學藝術家的鬼斧神工。十九年匆匆過去，我選擇離開，網路的BBS站上，學生聲聲嘆息，直問：

「是我們讓老師失望嗎？老師為何選擇離開？」

我肝腸寸斷，卻只能一語不發，深怕自己一開口，就會涕淚漣漓。

換到距離家裡較近的世新大學教書，固然是應同班同學的盛情邀約，一方面也實在是厭倦日日長途驅車的疲累。世新中文系新設，學生及教師人數都少，相處起來更像一家人。我和學生都是新進，也是同行，相互切磋更勝傳道、授業、解惑。說實話，我自己仍有許多的「道」未知、許多的「業」未習、許多的「惑」不解，在人生行道上，我不過癡長幾歲、多經歷幾番風雨，充其量只能說師生一起圓夢，一起在課堂上探索並賞鑑文學美麗的天光雲影。我從學生身上，看到年輕的自己；我不知道學生從我身上是否也看到了些什麼。

走下講台，我不慣當老師。遇到意外事件，我張惶失措；碰到無禮的學生，我懦弱膽怯、甚至不敢板起臉孔；聽到了學生的委屈，我涕淚盈睫、恨不能以身相代；學生前來傾訴憤恨，我掄拳捲袖、同仇敵愾；學生情感上受了傷害，我簡直眼淚掉得比當事人還厲害！我是無用的雙魚座，淚水恆像不小心就自動旋開的水龍頭，常常在學生面前發窘失態，一點老師的架式也擺不出來。

我開始當老師那年，正好是成為人母的第二年。也或許是時機上的湊巧，朋友們都說我和學生的關係比較像是母子：缺少理性的思辨，較多的是感性的分享。我當老師時，常常想到我的青春歲月，苦悶焦慮，成天莫名其妙的傷春悲秋，所以，對學生為細事而誇大傷痛，較能感同身受。我走上講台時，老想著我那永遠解不出的分解因式，所以，特別鼓勵學生們追根究柢，絕不該有隔宿之「疑」；我走出教室時，常想著我年少時對人際的百般猜忌，所以，特別關照踽踽獨行的身影；我以當學生時的心情揣想學生的心境，鼓勵他們看重自己，挖掘潛力。然而，事情總有不盡週到之處，我除了擔心因為學識不夠淵博，沒辦法讓學生學得更多外，更擔心或者在哪些我自己都不知道的地方說錯了什麼話、做錯了什麼事，或在哪個環節上有所疏忽，以致傷了學生卻不自知。

我必須承認，我是教書之後，才開始學習怎樣當個老師。俗話說：「教學相長」，二十餘年來，我接受許多學生的「教導」，學到的東西遠比當學生時還要多得多。合計四十餘年的求學、教學生活，堪稱如歌似夢，是我人生行道裡最值得記憶的部分。這本書裡的作品，便收集了我大半生在學院內的生活點滴。大部分是近期之作，少數幾篇是已經絕版的相關作品，還有〈美麗的秋天〉及〈多年前嫁出去的女兒〉兩篇，因為當事人在我教學生涯中有著特殊意義，我特別將它從舊作裡拈出重刊，希望他們二人不要在這本富有紀念意義的專書裡缺席，這是必須加以說明的。

最後，要非常鄭重地感謝黃碧端校長為本書作序。我和黃校長素無淵源，充其量不過在幾次的文學聚會中見過幾次面。但是，因為欽仰她的教學理念和文學素養，便冒昧求序，不料竟蒙慨允，我只能以「驚喜莫名」來形容我的感受。

廖玉蕙

——原載二〇〇四年九月十三日《中央日報副刊》

卷一

人生聚散真容易

生命的困窘竟像深不可測的黑洞，

不知伊於胡底。窗外

綠樹映襯著藍天，大地一片欣欣向榮。

但是，教室的轉角處，正徘徊著

一個被施了魔法的靈魂，狂亂迷失，飛不出困境。

而我，身為人師，站在

黑漆漆的洞口前……

粗糲了的溫柔

那年的夏天特別燠熱，成天汗流浹背的。學期已然結束，考卷和成績單都送出去了有些時日，我正計畫著在暑假期間寫些構想了相當時日的文章。電話鈴響起，沒料到是一位我所任教學校的老長官！當時，我在軍校教書，並在台北郊區的母校兼了幾堂課。老長官與我並無特殊交往，何況他已離開我任教的軍校多年，接到他的電話，確實叫我有些驚訝。老長官東拉西扯的，客氣地問候其他同事和我的近況。我知道事有蹊蹺，即刻萌生警戒之心。果不其然，半晌之後，談話終於正式進入主題：

「我有一位朋友的兒子S君在你兼課的班上，成績不及格學分達二分之一以上，正面臨退學的危機。他打聽到我是你的老長官，一定拜託我來請你幫忙。聽說這孩子本性不壞，就是課外活動太多，耽誤了功課。不知道你能不能……」

我不等他說完，馬上很不禮貌地打斷他，說：

「我知道您的難處，受人之託、忠人之事。不過，主任也應該知道我的難處，我給學生打不及格成績，都是經過再三考量下採取的不得不的處置，心裡也很難過的。您一向崇尚公平正義，我相信在這種情況下，應該不會來勉強我的，是不是？」

那位軍中的長官，一向喜歡鑽門路、拉關係，這會兒我刻意給他戴一頂高高的帽子，旨在杜絕後患。他呵呵苦笑，又勉力掙扎了一會兒，才訕訕然掛下電話。

電話掛上後，我不放心，即刻取出計分簿查閱，發現這位準畢業生S君，缺課情況嚴重，該繳的報告也沒繳，成績自然沒能及格。我只是納悶，已經行將畢業了，怎麼那麼不小心！居然淪落到必須退學的地步。然而，也是無可奈何的事，成績既已送出，便駟馬難追。我雖然問心無愧，也替他感到萬分惋惜，卻也相信自行負責是大學教育裡重要的一環。

「或者S君能從退學中學到一些教訓，未始不是另一種收穫。」我阿Q地安慰自己。

然而，事情的發展眞是始料未及。從那日起，我忽然被黨、政、軍各類的關係層層包圍。S君的父親堪稱交遊廣闊，他像啓動國安機制似地，將他歷年來的人際全面動員起來。每天，我悶坐屋內，只要電話鈴響起，必然是另一層久遠關係的重建。那年夏天，我的一些久未謀面或久疏聯絡的朋友，都在電話的彼端捎來關切。起初，我覺得自己被從四面八方包圍過來的壓力擠壓得幾乎窒息。幸而，我逐漸以鋼鐵般的意志，建立起一套無法破解的說辭，因爲反覆再三，邏輯越說越周延、內容越來越充實，對方根本無招架之餘地，紛紛中箭落馬，落荒而逃。因爲站在眞理的一方，我一直穩操勝算。沒料到看似萬無一失、滴水不漏的嚴防，竟然不知從何時起出現了漏洞，而且，一發不可收拾。

話說事隔幾日後的一個黃昏，我正在廚房裡挑著豆芽菜，一位中年女士前來拜訪，說是S君的繼母。女兒不察，讓她進門。我心知大事不妙，難免一番糾纏。果然！那位輕聲細語的女士上樓後，未語淚先流，哽咽地說：

「我知道教授沒有辦法幫忙的困難，然而，這孩子之所以落到今天這樣的地步，我實在也難辭其咎。他從小父母離異，心裡難平。他爸爸半生戎馬，望之儼然，S君怕他、和他不親；我雖有心照應，但他不只心裡有恨、不肯接受，甚至視我如仇。也難爲這孩子，有苦沒處訴，有事不知找誰商量，才會變成今天這樣。我本來沒有資格、也不該來此向您做無理的要求，但是，實在沒辦法袖手旁觀。若教授能法外開恩，賣個面子給我，也許從此能讓他稍稍感受我這個繼母對他的呵護，不至於讓他老覺得無依無靠。」

我們對坐在夕陽餘暉籠罩的廚房內，女人溫言軟語，我沉默以對。然而，心裡的某個角落卻如溪水潺潺，無端流動起來。心念一動，嘴舌竟然僵硬難申。熟練的防禦性說辭陡然變得詰屈聱牙、難以暢達。送走了客人，一向澄明無罣礙的心忽然紛紛亂了！我反覆和自己辯駁，公理正義與人情世故狠狠地在心裡打架了好幾回合，還分不出勝負。第二日、第三日……，女人來了又走，走了又來，我無一句應允之言語，她無絲毫放棄之念頭，我們相互僵持，都覺疲累了。最後一日，她帶來S君補繳的作業，我說：

「時間已過，我沒辦法收下。」

女人沒說話，低頭走了，任憑作業擱在桌上。

那夜，輪到S君的父親上陣。電話裡，男人口若懸河，卻又分明不知所措。頻頻自責，說是失敗的前次婚姻給孩子帶來陰影。身爲革命軍人，身不由己

地隨著部隊南北奔走，雖然兢兢業業、恪盡職守，對國家竭忠盡慮、對部屬恩威並施，但長年與妻、子分居兩地，細細尋思，眞是愧對家人。Ｓ君的行爲讓他驚覺不能齊家、何以治國！雖然看不到男人的臉孔，卻似乎聽到有淚不輕彈的男人在電話線的另一端幾度哽咽；懊惱傷感的言語，讓我差一點爲之情緒潰堤。男人按捺住號令天下的豪情，低聲下氣地說：

「這回，若是孩子過得了關，我們絕對不敢忘記老師的寬容大恩。無論將來工作如何忙碌，一定會和孩子多加溝通，一定嚴加督導，一定不會讓老師失望！Ｓ君眞的不是個壞孩子，一定會極力改過，一定會讓老師看到他努力的成績的。」

他一連說了好幾個「一定」，我實在辭窮了，該說的都說了，不該說的也說了，我累極了！像是被抓去問審的思想犯，被日夜逼供，索性將問題丟出去，說：

「就算我有心幫你，恐怕也無能爲力。你知道，學校規定嚴格，成績已經送出，要更改可是難上加難！聽說即使到校務會議去承認疏失，都很難如願。何況，教書多年，也算盡心盡力，我豈可隨意去承認莫須有的錯誤？」

男人或許聽出了我話裡有可趁之機，即刻見縫插針，接口道：

「不必承認疏失！只要照實陳述願意給孩子一個補救的機會即可。教官是我以前的屬下，會幫著說明理由。我已經和教務長聯繫上，他親口應承了。說是只要老師肯提出申請，一切就都ＯＫ。」

我其實不大相信他的說法，然而，既然毋須打破原則，只是照實直說，如果因此能給學生新生的機會，我也就只好不再思考是否對其他不及格學生不盡公允的問題；如果事情證明並非如此簡單，藉此程序讓他徹底死了心，也未始不是個解困之方，於是，我答應勉爲其難。

申覆程序必須有所依據，爲此，我又埋頭在家裡寫了一篇申覆書。

教務會議那日，S君的父親也許怕我臨時後悔，特意專車前來接送，我固辭不獲，爲讓他放心，只好勉強從命。一進會議廳，我與另一位教授的申覆文已經影印多份，置放每位參與開會者的桌上，除我之外的另一件申覆案件因過度複雜，在此暫且不表。話說會議尚未開始，一股濃濃的煙硝味已然瀰漫其間，參與者個個神色肅穆、如臨大敵。會議宣佈開始，一位教授首先發難，嚷著：

「爲什麼廖教授的案子能提到會議上討論，我的案子，狀況和她的並沒有兩樣啊！爲什麼連提出討論都被擋下？我也是希望給學生一個改過的機會啊！」

主持會議的教務長二話不說，將問題丟給我，說：

「單單從申覆書上看，似乎是沒什麼不同，但是，總應該是有些不同才對的。否則怎麼能提出！廖教授又不是不知道學校的規定，是不是？我們聽聽看廖教授的說法吧！……」

我當下心裡一驚！知道自己恐怕是上了惡當了。這其間若非有些認知上的誤會，就是家長假傳聖旨，再不然就是教務長礙於情面應允了、卻乏擔當。總之，我騎虎難下。會有什麼不同的理由呢！我不過遵照他們的意思行事罷了。可是，眾目睽睽，都等著我說出一個有創意的理由。我的血液直往腦門上衝！臉孔約莫紅到幾乎中風。我當然可以直接說出實話，然後，被掏出會場；但是，直到今日我都還理不清到底是什麼原因，讓說出實話在當時變得非常艱難。是被那位首先揭竿起義的教授激怒了？是不想讓一向敬重的教務長難堪？是爲了掩飾自認聰明卻被設計的愚蠢？抑或是被不時竄入腦海的那張泫然欲泣的繼母的臉所宰制？……總之，氣氛詭譎，必須在瞬間做出抉擇，慌亂中，我選擇了婦人之仁。我取出皮包裡Ｓ君補繳來的報告，將它放在桌上，告訴與會者：

「是這樣的，大部分的期末報告都在期末最後一堂課繳出，我規定其餘尚未繳交者得在七天之內讓我收到，寄來或送來，悉聽尊便。逾期再不繳者，恕不等候。結果，五天之內，幾乎所有遲繳的報告悉數送達，只有Ｓ君的未到，我又等了兩天，仍舊沒來。約定的最後期限那日下午，郵差來過後，我判定Ｓ君已錯過時限，而我剛好有事要到城北，便順路繞道學校，將成績繳出。沒料到夜裡歸來，竟看到信箱裡躺著Ｓ君送來的這份報告。然而，成績單已然送出，各位也知道必須經過今天這

樣的程序才能加以更改，所以，我才提出申覆。」

雖然，臨場反應還算迅捷，也言之成理，然而，這些參與開會的人，見過的陣仗無數，從表情上就可以看出他們才不會輕易相信我臨時瞎掰的理由！然而，這危急存亡之秋，我平日尙稱良好的人際終於發揮了功效，溫文儒雅的法學院院長率先起身說道：

「廖教授！我們雖然是好朋友，但是，我得在這裡說句公道話。從法律的觀點來說，您規定的日期如果是七日，那麼到七日的夜裡十二點都算是有效期間，您提早送出成績單，就是您的不是了！學生的權益必須被保障。」

這話裡有玄機，表面看似責備老友的糊塗，實際上是給予我的申覆案有利的支持，我點頭如搗蒜，頻頻稱是；而早被關說過的教官，更幾次爲S君的失誤尋找理由，諸如缺課太多是因爲代表學校遠赴國外參與棒球隊翻譯之類的說法。雖然支持我的聲音不少，然而先前那位不平則鳴的教授並不善罷甘休，仍舊咄咄逼人地問我：

「我是非常懷疑廖教授的說法啦！我感覺這比較像是臨時編出來爲學生脫罪的言詞。我請教您，爲什麼您在七天的期限未過之前，就急急繳出成績單？一般是不應該發生這樣的失誤的，您當時到底心裡是怎麼想的，我很好奇。」

「我並沒有什麼特別的想法。因爲所有報告都是用郵寄來的，那日，郵差既已送過郵件，我肯定不會再有報告寄來，沒料到S君是親自送到信箱裡的。……我一向性急又糊塗，老怕誤了時間，增加行政人員的困擾，所以，成績單總是送得早；加上剛好要去天母辦事，只要稍稍繞道，就可省去郵局掛號的麻煩。」

課務組負責成績單業務的小姐，也及時對我這位一向沒給她們找過任何麻煩的教授輸送溫暖，強調我確實是位盡職的教授，幾年來在繳交成績單一事上，不但從未延誤，而且常在時間上拔得頭籌。可是，聲討仍未結束，另一位教授繼起加入，進一步問我：

「既然是您的失誤，那麼您一定印象深刻。可否說出您繳交成績單是在哪一天？」

一時之間，我沒辦法判定這樣的問題跟澄清事實有任何直接或間接的關聯，不過，我明確感受到該教授言詞中顯示的不友善。爲免牽扯越遠，我乾脆示弱投降以博取同情。我用雙手捂著臉孔說：

「這個問題對我來說是太難了！我連今天是幾月幾日都常記不得，何況是那麼久以前的事！你們就別再問我了，再問，我就要崩潰了！我承認錯誤就是了⋯⋯」

教務長於是宣布請我退席，逕自進行下個程序──投票表決。

表決揭曉，申覆案以懸殊比數通過，教務長及其他支持我的教授跟我一一握手恭喜，我卻苦著臉，一點喜悅的感受亦無，只覺得人生荒謬。無端被捲入一場奇怪的戰役，卻在戰場上臨時更改戰鬥方向，亂槍亂棍朝四下亂揮，搞得自己鼻青眼腫不說，居然在暈頭轉向時，莫名其妙被裁判拉起右手宣布成爲贏家。Ｓ君的父親想是早被眼線告知成功的消息，低姿態笑臉迎我進車裡，我驀地一陣嫌惡，生氣地朝他說：

「請一句話都別跟我說，讓我安靜一下，我一生從沒那麼唾棄過自己。」

屬於Ｓ君的困境終於解除，然而，我的情緒卻一整個暑假都落入低潮，不但強烈質疑起身爲老師的意義，且對自身爲人處世的缺少原則感到極度羞愧。

日子在開學後，又重新恢復了秩序。我誓言絕不再爲眼淚或人情低頭！像剝了一層皮的折磨，也同時粗糲了我的溫柔。教了二十餘年的書，雖然偶有意外狀況發生，到底都能維持堂堂正正的磊落身段。作爲一位大學教授，我潔身自愛，講求公平正義。雖然沒有學富五車，偶爾也不免萌生職業倦怠，但都能以意志力克服。沒料到竟然一失足淪落到必須借一再的說謊來收場，眞乃平生恨事。於是，每逢暑假來臨，我總像逃難似地避居海外，不敢面對學生追緝的奪命連環扣，我對教學幾乎是鐵了心、灰了志。

Ｓ君的父親，倒是信守承諾的。他開始認眞督責孩子，每隔一段時間便來向我面告Ｓ君的生活及課業進度：Ｓ君和繼母的關係改善了、Ｓ君終於畢業了；Ｓ君考上研究所了；Ｓ君研究所畢業了；Ｓ君到某高中任教了……一年一年的，Ｓ君的父親以兒子一步一步向光明前途走去的進度，聚沙成塔的，緩慢地重建起我被拆卸得七零八落的教育信念。每一次的消息都捎來一些的安慰，有時感動流淚、有時歡欣鼓舞。幾年之後，我確信自己的傷痕已然結痂、痊癒，七寶樓臺重新搭蓋得甚至較諸往日還要堅實，我漸次爲當年的屈辱行爲重加詮釋並評價，覺得以自身短暫的折磨換取學生寶貴的再生機會，或者是一件值得敬重的崇高美德。而關於S君的種種，終於在某一個失去聯繫的夏日，徹底從我生命中退位。

然而，似乎造化總是弄人！正當我重拾滿滿信心之際，一封在午後傳來的E－Mail卻又讓我陷入恍惚迷離的境地！去春，一位學校的秘書廣發了電子郵件，徵詢全校師生說：

「近日，經常接獲外界來電，詢問本系是否有位名叫S君的老師，因系內專、兼任教師內俱無此人，是否有人認識S君？如果有人知曉，務請來電賜告，或傳言當事人切勿再以本系教員名義對外聯繫。」

我腦袋轟隆一聲，如遭電擊。我多麼願意相信這是同名同姓之累，然而，S君的名、字均非常見，加上發信的系所和S君所習科系又不謀而合，我不知道該拿什麼來遊說或寬慰自己：那不是我所認識的S君！

如果那眞是我所認識的S君，他假借名義，在外招搖撞騙，是不是因爲在求學時，他的父親曾發動各樣的人際關係教會他特權可以行遍天下？會不會是當年他的老師——我，曾經以錯誤的身教教會他所有的錯誤都可以不必自己承擔，只消緊咬人性弱點便能投機取巧？如此，我到底算是哪門子的教授！我低下頭慚愧地反覆沉吟，覺得心裡開始細細龜裂、四肢百骸驀地分崩離析。我癱坐書房內，欲振乏力。外子安慰我：

「別這樣！你應該這樣想：若非當年你的力保，S君早就沉淪了！你應該慶幸總算讓事情延後好多年才發生！」

我那年輕、樂觀的女兒眞是聰明體貼，她進一步分析說：

「媽！您好傻！他若想假借名義爲非作歹，又何必出示眞姓名！一定是別人用他的名字來招搖撞騙的啦！您何不去問個明白？」

問個明白？問誰？問S君？他必定矢口否認。問S君的父親？他或者和我一樣渾沌。

眞相應該弄個明白嗎？明白了又能怎樣？何況，眞相眞有辦法問個明白嗎？

——原載二〇〇四年七月二十七～二十八日《中國時報．人間副刊》

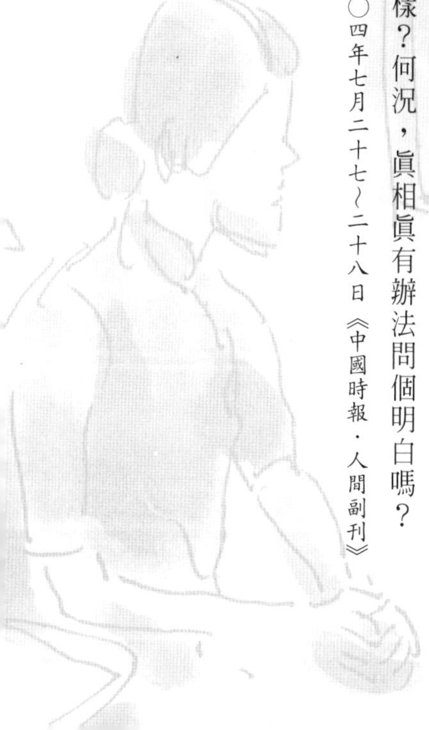

被施了魔法的靈魂

甫進大學，G君便時常出現情緒不甚穩定的現象。我不確知類似的狀況是早就有的呢？抑或不適應新環境所導致？擔任他們班導師的我，幾乎是一眼便注意到他。他黧黑的臉上一逕顯露出憂愁的表情，似乎心有千千結。一回，他站在十一樓的窗邊往外望，我經過時，見他愁眉苦臉，特意跟他打個招呼。他竟然回頭認眞地問我：

「老師！您想從這十一樓跳下去，會不會很痛？」

本來是個大白天，一聽這話，天色似乎一下子黑了下來。我抑制住心裡的吃驚，趕緊請他進研究室來談談。他困擾地說：

「幾乎每隔幾天，便會在夜半時分萌生強烈的輕生慾望。持續約十至十五分鐘的時間，就是忍不下拿刀子割腕的衝動，時間過了，也就沒事了。」

說完，他挽起長袖，露出手腕上一條條的舊傷痕。我簡直嚇呆了，久久說不出話來，情況比我預期的要嚴重許多。等回過神後，我急急朝他說：

「如果以後眞忍不住想割腕時，一定要立刻打電話給我。也許跟老師談談話，會好一些。眞要割時，也請不要割得太深。」

他苦笑著，告訴我：

「發病的時候，多半在夜深人靜之際，老師多半已經睡著了，怎麼好意思打擾老師。」

「我是夜貓子，一向睡得晚，不怕打擾！……何況，跟生命相比，睡眠算得了什麼！你千萬不用客氣，否則學校設導師制度是幹什麼的！記住！如果老師使得上力的地方，一定要給老師機會幫忙。如果因爲不好意思打擾老師而一不小心走上絕路，就是陷老師於不義。」

除了撂下重話，我甚至叮嚀他，既然知道自己難以遏抑自戕的衝動，家裡就不要準備太銳利的刀子，免得後果不堪收拾。聽完後，他沒說什麼，只是笑笑，我不確知他到底聽進去了沒？

G君的病斷斷續續的，沒有吃藥的時候，心情常掉入谷底；吃藥以後，又常神情恍惚，甚至因發胖而顯得行動遲緩。他跟所有的患者一樣，非常排斥藥物所造成的後遺症，所以，一直掙扎在吃與不吃藥的兩難之間，讓人十分心疼。不生病的時候，G君眞是個非常可愛的男生，上課時，不管是發問或回答，經常有驚人之語。他的思考不但與眾不同，也經常顚覆傳統，滿富創意。如果不是情緒上的不上軌道，課業方面也應付裕如，甚至表現傑出。有一段時間，他經常陷入沮喪的情緒裡，無法自拔。在校園中看見他皺眉低頭疾走，總不由升起一陣憐惜。我常刻意靠近他，拍拍他的肩膀，問問他的近況。眞盼望這樣的關懷，能爲他的生活引進一些開朗的陽光！

我所任教的中文系裡，有位既能幹又對學生十分關心的立行秘書，對G君很用心照顧。我擔任G君的導師時，立行除殷殷叮嚀G君去看醫生並督促他定時吃藥外，還每隔一段時間便和我討論G君的病情，我們彼此打氣、切磋，期待能幫G君一些忙。有一回，G君又跟我抱怨人生無趣，不值得活下去。我絞盡腦汁開導他，問他可有什麼興趣？他想了想，說：

「以前還能從畫畫中得些樂趣，只是已經久疏此道，很久沒有拿畫筆了。」

我取出一本外子製作的月曆畫冊送他，鼓勵他，說：

「這是師丈的畫冊，師丈也很喜歡畫畫，從中科院退休後，揹著畫架，山巔海隅地跑，覺得生命好有意義！你既然喜歡畫畫，爲什麼不再試試呢？也許提起畫筆會跟師丈一樣感受到無限的滿足哪！要不要哪天跟師丈一起去寫生？」

G君笑笑的，不置可否。幾天之後，G君到系辦公室，跟立行說：

「廖老師勸我重拾畫筆，我回家找出幾本畫冊，看了半日，覺得沒什麼意思，就算了！」

立行追問緣由，G君萬念俱灰地回說：

「你想想看，人家畢卡索、高更、米開蘭基羅、達文西已經畫出那麼多的好作品，我們再畫有什麼意思？我們又畫不過他們！」

立行笑起來，反駁道：

「照你這個邏輯推衍，天底下有許多高智商的傑出人士，他們生了許多聰明的小孩，我們的智商也不會比他們高，也不一定能生出比他們的小孩還要傑出的孩子，幹嘛還自己生孩子？又麻煩、又沒把握。可是，世上還是有很多人因爲不會生孩子而悲傷，就是因爲那是我們自己生的，是屬於我們

自己的，跟別人的不一樣啊。米開蘭基羅的畫再好，終究是別人的。」

我聽說之後，簡直嘆爲觀止！世界上就是有這等的聰明人，生活中才充滿了讓人驚奇的樂趣，我慶幸G君能在生命的困境中邂逅這麼優秀的人，也期待立行能引導G君成功轉彎或繞道行走。

G君到底聽進去秘書的開解了沒有？或是有無開始畫畫，因爲怕造成他的壓力，我沒有再加細究。那年，坑坑疤疤的，G君終於也捱到了期末。期末考的最後一天，我抱著一包考卷下樓去監考，在樓梯口遇上他，順口問：

「怎麼樣？考得如何？可以過關嗎？」

G君表情奇怪，似笑非笑的，遲疑了半晌，忽然說：

「成績倒還不是問題，只是感覺很奇怪，好像很多問題都到了該結束的時候了！」

我愣了一下，一時之間不知如何應對，只朝他笑說：

「別胡說！幹嘛嚇老師！老師膽子小。」

說完，我步履踉蹌地逃下樓去，隱約間，還聽到他喃喃自語：

「學期結束，所有的事都該一了百了了。」

我強忍著，逃到教室裡，發下考卷。學生們伏案運筆疾書，我找了個窗口站立，深吸了一口氣，眼淚再也忍不住撲簌簌地奔流而下。怨恨生命的困窘竟像深不可測的黑洞，不知伊於胡底。窗外綠樹映襯著藍天，大地一片欣欣向榮。但是，教室的轉角處，正徘徊著一個被施了魔法的靈魂，狂亂迷失，飛不出困境。而我，身爲人師，能力如此有限，站在黑漆漆的洞口前，卻什麼也幫不了，只能掩面奔逃，假裝什麼都不會發生。

暑假結束，新的學期開始。在校園裡重新見到無恙的G君，真是鬆了一口氣。更讓我驚訝的是，像是改頭換面般，G君完全變了一個人。面帶微笑、神情愉悅。身旁跟著一位嬌小甜美的女子，我猜測愛情發生了無與倫比的力量。我忍不住想一探究竟，笑著將他拉到一邊，悄聲問：

「談戀愛了？旁邊那位是你的女友？」

他笑得燦爛，卻回說：

「不是啦！是我的社團學妹啦！」

我不好意思作弄他，權且放他一馬，心裡又開始憂心如果愛情變色，會不會更是致命的一擊？誰又敢擔保愛情一定順遂呢！我越發忐忑心驚。然而，事實終於證明我是太過敏感與緊張了。一天，一位經常蹺課的學生被我請到研究室來，正想板起臉孔，好好加以訓

斥一番。誰知尚未開口，不知爲何，他忽然提起G君，告訴我：

「最近，G君參加了學校的攀岩社團，將全副精力投入攀岩活動裡，心情似乎好得不得了！跟往常大不相同。」

原本想狠狠責備他一番的，聽到這消息，霎時變得開心起來。相較於在生命的關口苦苦掙扎，蹺課怎麼說都算不上什麼值得大驚小怪的罪過。

「怎麼樣？來杯咖啡如何？老師的咖啡可是頂級的嘔！人活著，最重要的就是保持愉快的心情。……怎麼？你不喜歡上課嗎？怎麼好久都看不到你？有空來一下嘛！」

學生張口結舌，不知道老師葫蘆裡賣的什麼藥，不敢隨便接口。

「愛情會背叛人，相形之下，岩石要可靠多了。」

我微笑著，一邊煮著咖啡，一邊在心裡如此自我安慰著。

——原載二〇〇四年八月六日《聯合報・副刊》

諦聽美麗的謳歌

苦惱的聲音從電話裡傳來，夜深人靜，問題像是夾纏的電線，越想理清，卻越是糾纏。電話裡的人不肯鬆手，同樣的話，斬釘截鐵地說了不下二十次：

「老師！您一定不知道我有多麼痛苦！眞想死了算了。」

我決定不再說「我知道」這三個字，免得又落入無止盡的辯論深淵。可是，改說什麼好呢？「或許吧！我可能沒法子理解。」這樣子說，她會不會又要開始想辦法讓我理解呢？已經連續三個夜晚了，這位陷入無法自拔的單戀漩渦裡的女學生，正用盡她的力氣，企圖讓我充分明白她的苦與痛。我說：

「老師也年輕過，也失戀過，你的感受，我充分明白。」

她不信！她覺得她的痛是獨一無二的，是絕對沒有人可以感同身受的。可是，她又是那麼認眞地想讓老師明白她的感受，這其間的矛盾、弔詭就是電話線之所以被拉得那麼長的原因了。

事情的原委是這樣的：這位萬分苦惱的女孩L，自從學期之初選了一門新詩的課程後，便無法自拔地愛上了授課的詩人老師。已屆壯年的詩人，雖非俊美，卻有著中年男人成熟的魅力。幽默、瀟灑，讓年輕女子難以抵擋。詩人未婚的身分，是教書時最大麻煩的來源。傾慕者絡繹於途，常常會有曾經被我教過的女學生跑來跟我形容詩人的丰采，語氣、神情俱是滿滿的仰慕。我心裡總是一驚，想到詩人身陷對愛情猶然充滿浪漫憧憬的女學生間，怕是遲早要出事！於是，有時在某些文學聚會的場所和詩人邂逅時，我會半開玩笑地勸他：

「趕快找個好女孩結婚去吧！免得學生一個個被你招得忽忽若狂。」

詩人總是笑著，沒說話，我不知道他心裡是怎麼想的，是爲自己的魅力無法擋而自豪呢？抑或爲這些莫名惹下的麻煩而深深苦惱著？還是對我的無厘頭的言語暗自發恨？總之，中年的詩人在學校裡教詩，吐露像詩一般浪漫的思想、言語，我雖然只是旁邊路過的人，有時卻被拉著諦聽美麗的謳歌。

這回，學生動了眞情，卻無端波及到我身上來。連續三個晚上，接近夜半，電話鈴聲準時響起，L一方面沉湎於詩人的風度翩翩；一方面苦苦掙扎於師生情緣。可是，這又跟我有什麼關係呢？怎麼無端被波及了呢？

「聽說，詩人是教授您介紹到學校來教書的。想必您對他應該是十分熟稔的，可不可以多透露一下詩人的相關資料？」

我才不想那麼八卦！詩人雖然是我引介來的，我可沒那義務陪著起舞。我言簡

意賅地朝她說：

「我和R老師的關係並沒那麼密切，我只知他的詩寫得好，教書滿受歡迎，如此而已，並沒有更多的資訊可以提供。」

她沒洩氣！進一步打聽他的家庭及交友狀況，我一概以「全無所悉」應對。她不管，兀自情致纏綿地和我敘說詩人上課的迷人丰采。我原先決定備課的夜晚，便因此泡湯。

第二晚，她滔滔敘說心裡的掙扎。我一籌莫展，乾脆勸她：

「既然男未婚、女未嫁，你何不直截了當跟他表白？」

大約沒料到我會給她這樣直接又積極的建議，L反倒變得務實了。她說：

「這樣好嗎？老師會不會被我嚇到？」

「嚇到？你怕R老師被你嚇到？那這件事就沒有解決的辦法了。你未嫁、他未婚，異性相吸引是天經地義的事，他為什麼會被你嚇到？請拿出做學問的方法與步驟來，既然你想知道他對你是否有同樣的感覺，就勇敢提出疑問、努力尋求解答。結果不外兩種，不是被婉拒，就是被接受。幸而被接受，就皆大歡喜，攜手偕行；不幸被婉拒，就想法收拾傷痕、另謀出路。如此而已！……你未免太小看R老師了，什麼大風大浪他沒見過！」

L不服氣！她說：

「愛情若像老師說的這麼簡單就好了！」

我當然知道愛情沒那麼簡單，然而，愛情該有多複雜也端賴當事人自行決定，我這個外人實不宜攪和在其中。然而，愛情大約就像是某一位詩人寫的「北地裡忍不住的春天」，非得找人一起回味、咀嚼並加以反芻一番才過癮，我因此成了間接的受害者，三個晚上就在如詩如夢的囈語裡度過。我幾次想打斷她的話，不是找不到適當的段落，就是不忍心。當我終於下定決心自救，來個當機立斷時，她忽然會語氣決斷地朝我說：

「老師一定對我的打擾非常討厭吧！干老師什麼事呢？是我自己不爭氣，落入進退不得的困境，卻一直給您打電話，增加您的麻煩。老師！您一定感到十分厭煩吧？」

以為隱藏得很好的心事忽然被赤裸裸地指出，不免嚇了一大跳。本能的，我開始否認：

「怎麼會呢？不會的。」

其實適度的客氣一番即可，可我的個性眞是無可救藥的糟糕，唯恐她不信，又熱情地補充道：

「跟你談一談也是很不錯的！讓我了解一下新新人類的想法也是挺好的。」

一說完，我就恨不得咬掉自己的舌頭！果不其然！這樣的回答無異於變相鼓勵對方繼續永無止境的自艾自憐，反反覆覆、沒完沒了的。當我再度被同樣反覆的言語荼毒到再也受不了的時候，又會逐漸開始武裝自己的狠心腸，決定俟機切斷她反覆的呢喃。就在這時候，L總像通靈人一般，又拋出了讓人驚心動魄的議題：

「如果我眞的去問個明白，結果被R老師拒絕，那多沒面子！我就只有死路一條了！⋯⋯啊！我乾脆死了算了，人生好苦啊！」

「這可不成！那就別問吧！保持一種朦朧的浪漫，也是儲存愛情的美好方式哪！如果一切都明明白白，缺少婉約蘊藉，那還算什麼愛情。」

我急急修正先前的建議，隨便瞎掰了個自己都不相信的亂七八糟的理由。

「可是，這樣不明不白的，算什麼呢？就算死，也不能瞑目啊！」等我附議她的想法後，她又反悔了。

「那我可沒轍了！問也不是，不問也不行，你這不是給我出難題嗎？」

我在心裡偷偷埋怨著，卻不敢說出口，這可是攸關生死的事，我只能在電話裡沉默著，不知該如何搭腔。L也沒說話，我感覺她的鼻息在我的耳際微微呼吸。半晌後，我投降，問她：

「那怎麼辦？人生很難哦！……你可把老師給難倒了。」

L居然輕聲笑起來，說：

「老師別擔心！日子總要往下過的，我不會傻到眞的去自殺的，我會想辦法撐下去的！人生嘛！誰不遇上一些個難關呢？總要自己想辦法的，老師也幫不了的。不過，還是很謝謝老師撥空聽我說這些有的、沒有的。」

天可憐見！峰迴路轉的，事情居然有了意外的驚喜結局，像是努力想要打開一捆胡纏糾結的亂麻，把所有剪刀、鉗子、手套等工具都備齊了，才發現輕輕一抖，繩索便應聲鬆開，不費吹灰之力。

第四天，我擔心晚上又要被L的電話攻陷，一整天苦苦思索著應對之策，可也沒想出什麼好的策略。我當然可以假裝不在家，但是連學生的電話都不敢接的老師算什麼老師呢！我首先就要唾棄自己了；何況爲了自己的無能，還得連累家人說謊，就更讓人瞧不起了。年輕學生遭遇感情困境來尋求老師的幫忙，如果連她所信任的老師都袖手旁觀，老師的價値又在哪裡？我可不能如此孬種。

「總有比較積極有效的方法來爲學生開解吧！」

我不信邪！然而，說實話，我自己年輕的時候，愛情的學分也修習得極爲慘烈！又有什麼能力來爲學生解惑呢？

「也許有人願意聽聽她的苦惱，也是一種幫忙她的方式吧！」

我自我寬慰著、給自己打氣，決定用飽足的食物來培養晚上和L長期奮戰的精力。那晚，每一個電話鈴聲都讓我的神經緊繃，然而，直到深夜，L的電話居然都沒出現，不但如此，從那天之後，L甚至徹底地從我的生活裡絕跡。

「L已經了然愛情的奧義了嗎？還是終於從愛情的漩渦中脫困？抑或難過關卡而壯烈犧牲了呢？」

午夜夢迴，我屢屢自問著，卻得不到任何答案。而魅力不減的詩人R也在幾年後結束單身生活，他也許永遠都不知道我曾經爲他的風流倜儻喫了些苦頭。

——原載二〇〇四年七月二十四日《自由時報．副刊》

人生聚散真容易

暑假期間，B君意外現身在系辦公室內。見到他，我的眼眶霎時紅了起來。原預料很有可能考上研究所的他，意外落榜。先前聽到消息時，我就難過得吃不下飯。B君是個才情橫溢的學生，他不想繼續走文學的路子，決定在戲劇的領域裡另起爐灶，我曾經寄予厚望。如今，希望落空，相信他一定十分沮喪。我說：

「『終於』沒有考上！怎麼辦？」

他正在系上幫忙著什麼事，看到我，放下手邊的工作，站起身，說：

「沒關係！老師！別替我難過，我已經閉關難過兩個禮拜，現在終於走出來了。」

「那好！去他的研究所！也不一定非得讀它！走投無路的人才去讀書，條條大路通羅馬。」我義憤填膺，覺得老天無眼，考試眞不公平。他苦笑著，沒搭腔。我問他接下來怎麼辦？他說準備當兵去。我說也好，先服完兵役，了結一樁男子的心事。然後呢？還考研究所嗎？我低聲問他。他點點頭。我接著說：

「是呀！還是再試試吧！上研究所多念一些書，不壞的。」屋內的學生聽了我們的對話都哈哈大笑！好個鄉愿的老師，見風轉舵得又快又流暢，一點都不吃螺絲。

Ｂ君當年是推甄進來的。一年級的第一堂散文課，我徵求同學上來自我介紹，暖暖場子。Ｂ君被起鬨著上台，我估量著在那之前他不知已經耍了多少寶了，才會受到來自台灣各地的陌生同學如此厚愛。我已經忘了他當時說了些什麼，不過，記得同學很捧場，他每說一句，台下便鬨笑一陣，自始至終沒有絲毫冷場。臨下台時，跩個二五八萬的撂下一句：

「其實，我是一點都不想要念這個學校的，尤其是中文系。當初是陪同學來考試，哪知道很想考上的同學沒考上，不想念的我卻糊裡糊塗來了。」說完，雙手插進口袋，故意搖搖晃晃地走下講台。同學們群情激憤，鼓譟著，只差沒一路追打他。

接下來，我要他們各以一位散文作者爲題，五人一組，分組報告。其他組的同學們多中規中矩地分工，每人都上台，以分攤風險。唯獨Ｂ君所屬的那組不同。Ｂ君事先知會我，他們研究的對象是雷驤先生，雖然劇本是全組一起合作，但只有他一個人擔綱演出。上課後，Ｂ君提著一台錄音機上台，叮嚀同學不能中途鼓掌或插嘴，同學們七嘴八舌取笑他自抬身價，說：

「誰理你哦！指望我們鼓掌？算了吧。」

原來他一人分飾二角，進行雙人相聲，在對話裡技巧地帶出雷先生的作品內容及風格。錄音機裡預錄了另一角色的台詞，把現場角色的對白時間預留了下來，等著當場對上。B君眞是太天才了！他把台詞背得滾瓜爛熟，中間有一長段又急又快的台詞，如果稍有閃失，就會配合不上。因爲，實在是表演得太精采了，同學遂忘情地鼓掌起來。他急了！伸手阻止並心急地喊了聲：

「別拍手！」

看他發急的樣子，大夥兒都狂笑起來。B君的這回上台報告，堪稱經典。從那以後，學弟妹們代代相傳，一反以往的單調刻板，都在報告時絞盡腦汁創新，各項道具錄影機、投影機、幻燈機、錄音機、電腦……紛紛出籠，讓課堂氣氛High到最高點。

B君一腦袋的鬼點子，學校舉辦舍我文學獎，他經常是大贏家，每年抱走的獎金多得不可勝數。不管新詩、散文、小說或其後加入的古典詩、詞、文章，他都如探囊取物。幾乎每年的評審委員都有一、兩位爲他的作品聲嘶力竭的爭取，而所有的評論都指向「非常具有創意，絕對與眾不同。」而每回他得了巨額獎金，我總鬧著要他請客，他也都慷慨地一口應承。然而，到畢業爲止，我卻連他的一顆糖果都沒有吃過。

三年級時，爲執行國科會的計畫案，我請他擔任助理。他出現的時間眞是少之又少，有時用大哥大給他一個奪命連環Ｃａｌｌ，他也不管！我氣得差點兒發瘋，在研究室裡搥胸頓足。可他出現的時候，一派雲淡風輕，像是什麼事都不曾發生。問他怎麼不回話，他睜大無辜的雙眼，說：

「老師找我？糟糕！我的大哥大沒辦法聽留言，也不會顯示來電。眞對不起！」然後，做出極度抱歉且決定從此赴湯蹈火的表情，讓你不得不很快就原諒他。

爲了考研究所，Ｂ君故意延畢一年。今年年初，中央日報主辦兩岸青年文學營，甄選十五位台灣優秀的文藝青年到上海復旦大學去開會，會後並到蘇州、南京觀光。世新大學中文系有Ｂ君和另一位優秀的青年詩人榮獲錄取，我特別向校方稟報，校長當下慨允給予此行全額補助，兩位與會的同學都開心極了！坐上飛機後，Ｂ君才赫然驚覺因爲上海行，將錯失一所最有把握的研究所報名時間。等我們從上海回到台灣，我才被告知此事，當下將他罵得狗血淋頭：

「既然發現時還沒過期，爲什麼不想辦法找人幫忙代爲報名！也不告訴我一聲，我也可以代爲找人幫忙，看來一點危機處理能力也無！虧我們還這樣看重你！」

他說曾經想辦法找秘書幫忙，可是電話一直沒打通，他的大哥大沒辦漫遊，上海打回台北的電話眞是麻煩極了，也不好意思麻煩老師。不過，他倒想得開，說：

「幸而還有其他兩所學校可以報考。」

暑假尚未來到，各地研究所已紛紛放榜。每隔一段時間，就又有捷報傳來。考上的同學歡歡喜喜結伴回到學校來探望老師。B君報考的兩所學校偏偏遲遲不放榜，他仍然如往常般，常常到系裡來幫忙，看到恭賀上榜的海報一張張的張貼出來，我感覺到他隱隱的焦慮，卻只能假裝沒事。他偶爾會進我的研究室和我聊聊，也不諱言心裡的緊張。我總安慰他：

「依照我對你的了解，上榜應該不是問題才對。但是，不識貨的老師也是所在多有，不公平的事也常發生，就以平常心看待吧！」

講完之後，覺得自己挺無聊的，這話分明說了等於沒說。

第一所學校放榜後，他雖然不免有些沮喪，但並不意外。他說面試結果連自己都不滿意，不過：

「另外一所可能還有些機會，我覺得考得還好。」

我有些擔心，因爲他改行應考，由中文轉戲劇，應試的所有科目都得從頭準備起，必定要吃大虧。其實，對要不要繼續讀書，我的想法並沒有那麼迫切或肯定。我比較擔心的是他懷抱太大的希望，萬一希望落空，怕他無法承受，不是說「人生不如意事十常八九」嗎！而現實也眞是毫不留情，他終於眞的慘遭滑鐵盧，這一跤跌得可不輕！雖然他故作輕鬆，表情卻明顯落寞。我的失落其實不下於他，得天下之英才而教之，雖是一樂，但是看到英才沒能遇見伯樂，更感悵惘。或許他也看出來了，特意緊跟著我進研究室，安慰我：

「先當兵再說囉！我沒問題，已經想開了，眞的，老師不必替我難過。」

我眞是沒用！動不動眼淚就不聽使喚。我怕他看見發紅的眼睛，打開抽屜，一邊低頭假裝找東西，一邊說：

「好了！沒事就好。到軍中去，要好好保重，得空看看書！」

他站了一會兒，想是不知道該再說些什麼，禮貌地告退，轉身出門之際，仍像往常一樣問我：

「要我把門關上嗎？」

「不用了，讓它開著吧！」我也像平日一樣的回答。只是，這次的回答似乎一語雙關。一扇不關的門永遠對著學生開啓，不管畢不畢業。耿耿於懷的是B君這一轉身離開，也許從此咫尺天涯、永不再見亦未可知！幾十年來，不是有許多的學生是離開學校後就從不再謀面的嗎？

「春夢秋雲，人生聚散可眞是太容易了啊！」

每到六月，驪歌高唱，學生興奮的畢業，像潮水般一波波離開，做老師的我，卻總是因挽不住狂奔的歲月和流轉的師生關係而如此感傷地喟嘆著。

——原載二〇〇四年九月《自由時報・副刊》

一定要幸福哦！

Y君是我在世新大學中文系教授的第一屆學生。大一時，她修習我所開授的《現代散文及習作》課程，便讓我留下深刻的印象。她天生鬈髮，一貫沉穩自若，有著整齊清麗的字跡，系裡舉辦各項演講，秘書總找她擔負紀錄工作。我幾次看到她膽寫的紀錄，扼要精當，頗能掌握內容的精髓；而她在課堂上所繳交的作業，也都得到該科的最高評價。學期結束時的期末考，我請學生以馬森教授來系裡演講爲題材，現場寫作一篇短文，或紀錄實況，或敘寫心得，或歸納演說內容……總之，議論、記敘、抒情、報導，一概不限。Y君繳出來的考卷情文並茂、逸趣橫生，她另闢蹊徑的描繪，在許多制式解答中，顯得精彩奪目。我自己從事散文創作多年，深知要在短暫時間內即席創作之難，而Y君年紀尚輕，就有令人耳目一新的表現，讓我充分感受到「得天下英才而教之」的快慰。

Y君雖然在散文課上表現傑出，但是，在學問的追求上似乎顯得偏食。在我擔任她們班上的導師時，不時會聽到某些老師抱怨她的到課率。雖然學校要求老師每學期能多點名幾次，以杜絕學生的惰性。但我總盡量不使用這種非常手段來逼迫學生就範。所以，並不確知，她是不是也在我的課堂上缺課，但深知對一些不慣受拘束的學生，要讓她規規矩矩不遲到、不早退，即便是點名也是無濟於事的。我確知她的缺課應非偷懶，不過，對才情橫溢的學生，基於惜才，我不免會特別求全。於是，我幾次找她懇談，勸她勉爲其難，克服成見：

「不要預存成見，要多方汲取，才能拓寬格局。大海不辭細流才能成其大，偏食的結果，可能讓你喪失人間美味卻不自知，這不是挺可惜的嗎？什麼東西都得嚐嚐看，什麼學問都去探索、探索，或者會有意想不到的收穫亦未可知。」

Y君總是笑笑的，我看不出來她是否接受了我的建議。不過，在幾次類似的談話過後，她忽然有些情緒性地回說：

「有些課是很讓人失望的！去不去上課其實差別不大。我懷疑老師是不是眞的看了我們的作業！」

我聽了，覺得事有蹊蹺。細加追問，原來她費心撰寫的小說作業，竟然得到很低的評價，而一些平日甚少提筆創作的同學，反倒得了高分，讓她一直無法釋懷。教小說的老師平時也是位認眞的人，還頗受學生歡迎，我不知道中間出了什麼問題，不過，文學品味原就見仁見智，這樣的情況發生倒也不甚意外。我安慰她，千里馬與伯樂的邂逅，不是隨時隨地都會發生的，只要持續下去，老師終究會看出她的努力的。她依舊笑笑的，沒說話。

Y君依舊按照自己的生活節奏讀書及寫作，隨性蹺課，卻又好像很努力、很有計畫地經營著自己的人生。學校舉辦的文學獎，她也不時參加並常有斬獲。一天，Y君在我的研究室留下了兩篇文章、一個魚乾做成的鑰匙圈、一些貼紙及一張卡片，上面寫著：

「已經有兩個星期沒見到您了呢，咱們的空堂總湊不到一塊兒。看樣子，下學期無論如何都要在老師的課上搶到一席之地，才有辦法跟老師說上話了。

「奉上一篇詩和一篇散文，都是舍我文學獎的參賽作品，無論得獎與否，都希望聽聽老師的建議，但願老師不要覺得麻煩才好。至於另外的食人魚魚乾和巨嘴鳥的鳥園紀念貼紙是我寒假去巴西帶回的『土產』，不知道老師會不會喜歡？」

我把鑰匙圈掛在研究室的玻璃書櫥上，在繁忙的工作中，偶一抬起頭，看到那條彩色斑斕的魚，想到Y君的心意，總覺得欣慰無比。

在升上二年級時，Y君曾打敗群倫，考取眾人欣羨的教育學程。在經濟不景氣的年代，擔任教師是許多學子共同的理想，因此，教育學程的錄取率偏低，能考取是極難得的殊榮。然而，半年後，她卻決定放棄，讓許多師生爲她扼腕。當時，我曾經和她針對此事有過討論，我問她：

「大夥兒不都爲考上教育學程而競爭激烈嗎？你放棄了，是不是很可惜呢？」

C.M. TSAI '03

「因為修習了一些課程，我才確切知道我是不適合當小學老師的。我根本不知道怎樣哄孩子，我對小孩子沒什麼耐性！將來去教小學，怕會誤人子弟的，不如早些放棄的好。」

一向關心學生的系主任，知道我對Y君另眼相看，屢次跟我提起，並要我勸勸Y君，不要輕易放棄。我轉述Y君的說法，主任不採信，她甚至好意地提醒我：

「Y君最近時常蹺課，也許在情感上受挫，所以，才引發自暴自棄，你得多多給她打氣，幫她度過難關。」

說實在的，我做人是粗疏到了極點，壓根兒沒觀察到Y君心情上有任何變化。但是，既然有人察覺了，身為導師，我也不能坐視不管。然而，私領域的情感問題非常敏感，我實在不知如何做才能既達到安慰或鼓勵的目的，又不會讓對方感受到壓力或被侵犯。我幾次欲言又止，最後假裝不經意地問：

「最近好嗎？生活裡可有什麼變化嗎？」

她像是識透了我的心事，笑開來，直截了當地反問我：

「老師今天怪怪的哦！拐彎抹角地，到底是什麼問題呢？」

既然如此，我也就只好把主任的憂心告訴了她。Y君聽了，靦腆地回說：

「才沒有哪！會有什麼感情上的困擾！我要說句不客氣的話，也許老師會笑我不自量力，我不覺得放棄當小學老師有什麼可惜的，我想跟老師一樣，將來當個大學教授。主任是不是太小看我了！」

她在充分理解自己的個性與興趣後，既不盲目追隨流俗，也不安於駕輕就熟的事，勇於當機立斷，希望在未來能更上層樓，向學術研究工作挑戰。我回想自己和她同年齡時的懵懂無知，相較於她的篤定果決，眞是自嘆不如，也深感佩服。

二〇〇〇年，我應九歌出版社之邀，編選當年度的台灣散文選，特別商請Y君幫忙蒐集當年度出版目錄並撰寫〈散文出版概況〉及〈散文紀事〉。Y君對文學現象的整理、詮釋頗見功力，行文靈動優雅，分析一針見血，她傑出的表現，立刻贏得許多文壇前輩的注目，頻頻打聽這位文壇新生代的背景，而我注意到的是她重然諾的敬業精神。

四月間，Y君到北大參加兩岸大學生的交流訪問團，顯然，這次的以文會友，讓她拓寬了不少的眼界。回來後，她和我談及對北大學風的嚮往，並表達可能投考北大中文研究所的心願。Y君對生涯規劃的有條不紊，在在呈現出對自我的負責，在長期教學的過程中，這樣的學生總是讓我看到社會的希望。因此，我一方面鼓勵她努力地朝目標行去，一方面也在研究領域上提供個人的建議。她滿懷壯志，我一旁觀望，對年輕生命的勃發，首度感到無限的敬畏。臨走，她從背包裡掏出一件豔紅色的T恤遞給我，說：

「老師！這是我特地從北大帶回來送你的T恤，不知道您喜歡嗎？」

我打開來，鮮紅色的T恤，前後方各印有中英文的北大字樣，非常年輕的式樣。我嘴裡說：

「啊！喜歡當然是喜歡的啦！可是，幹嘛花錢買東西送老師，你又還不會賺錢！以後不要這樣。」

然而，心裡其實是無比的高興的。我的學生，遠赴大陸求知，不忘在異域爲騷包的老師挑一件式樣年輕的T恤當禮物。我可能沒有勇氣穿它上街，但是，光想著這樣溫暖的情意，就足夠讓人熱淚盈眶了！

接著，Y君升上大四，也一頭栽入報考研究所的準備工作裡。而我唯一能幫她的，也只有絞盡腦汁爲她寫一封誠懇的推薦信了。我把花了些時間斟酌撰寫出來的推薦信寄出後，又不免萌生憂心，憂心她寄望太高，如果不幸敗北，會一蹶不振。我提醒她：

「全力以赴是好的，但是，北大和國內的研究所路線差異不小，且競爭者眾，如果沒考上，雖敗猶榮，可別因此灰心喪志。」

Y君笑著同我保證，她已做好心理準備，此番考試只是暖身，考上是運氣，沒考上的話，也沒關係。她打算隻身遠赴日本進修，從語言學校開始，想辦法闖出一條路來。

即將畢業之際，我從系刊上看到Y君榮膺全系學生票選的「中文系最有才氣的學生」，這樣的眾望所歸，更印證了我長期以來的觀察。其實，有才氣與否並不是那麼重要，最難能可貴的是Y君雖然頗具才情，卻從不以此驕人，在待人處事方面溫文有禮，堪稱「進退有節」，深得教授的賞識及同學的敬佩。在這樣一個強調個人主義的時代裡，我們經常見到一些才情橫溢的學子因之流於恣肆無禮，Y君的爲人處事卻讓擔任她導師兩年的我，深感放心與驕傲。

夏天過去了！聽說Y君最終還是沒能如願考上北大。畢業了！Y君行蹤成謎，我雖然有些擔心，然而，我自己執行的計畫案在暑期如火如荼地展開，日子過得忙碌慌亂。偶爾，Y君的身影，也會在發呆的午後不期然地被想起，卻也只是那樣，一閃而過。那年聖誕節前後，我忽然接獲一封來自京都的卡片，卡片上Y君熟悉的字跡躍上眼簾：

「弟子來到京都將屆三個月，語言上的隔閡還是很大，但是，因爲很有興趣的關係，所以，小有挫折也不會沮喪太久。挑戰這樣的情況，對我來說是頭一遭，我對自己不服輸的程度有點驚訝。因此，語言上還在很辛苦的階段，但是過得相當有成就感。

「京都很美，但有兩個現象使我感到困擾。首先是乾冷的天氣，就是冷得『不痛快』。溫度夠低，但怎麼都不下雪。第二是京都人沒有想像中友善。例一是我花了三萬日幣買的『帥氣自轉車』，不出半個月就被『泥棒』弄走了，如今只能騎著語言學校半買半送、騎起來不時『該該』怪叫的兩千日圓腳踏車『逡巡』於小巷胡同之間。例二是京都中年以上婦人都是『狠角色』（根據我的推論，這是飽經社會及家庭壓抑之後的女性，一旦取得年紀上或家族中較高地位以後，就會顯現出來的心態）。她們在公共場合成群『暴走』（無視秩序）喧嘩，在公車上使出超齡的『神力』推擠，沒有人敢違抗她們。在京都各個角落的太太們，對外國人也絲毫不會『手軟』，可能是因爲觀光客多，她們對外國人沒有『新鮮感』的禮遇。

「無論如何，新環境總會使人成長。困難的時候，我會提醒自己要有中國文人風骨。沮喪的時候，我會試著用中國文人的美感和哲學去面對。謝謝老師的教導。」

我將卡片上的文字讀了又讀，四年來師生一場的點點滴滴，像膠卷般在腦海裡倒轉飛馳。如自家女兒般的Ｙ君，終也離開父母、師長的羽翼，展翅高飛了。我揣想著她在大衣、圍巾、毛帽子嚴裹下，騎著老舊腳踏車在京都寒凍的大街小巷辛苦逡巡的模樣，一如日劇裡堅忍跋涉的少女。不知怎地，我竟然有強烈的慾望，想仿效日劇的台詞，對著遠方的Ｙ君喊道：

「一定要幸福哦！」

——原載二〇〇四年三月二十七日《自由時報・副刊》

強做調人

夜深人靜，電話忽然響起。系秘書焦急地在電話那頭說：

「老師！您擔任導師的大一那班，有位A君，今天臨下班之際，忽然跑來跟我說，她不想繼續念下去了。我怎麼問，她都不肯說明原因，無論怎麼勸，都沒辦法打消她放棄的念頭。我想應該讓您知道一下，也許您有辦法勸勸她。」

期中考剛結束，會不會是考試成績不理想，所以才萌生去意？這是第一個躍上腦海的想法。夜已深，我在暗夜裡開始回想A君的臉孔，竟是一點印象也沒有。我一向糊塗，即便是我的導生，除非在課堂上有特殊的表現，譬如經常發言、常常遲到或特別不遵守秩序，否則，到學期末，名字和臉孔對不上的事也是常有的，所以，我很快便放棄去拼湊她的面貌。

第二天，我輾轉找到她，請她到研究室來談談。她出現在門口時，我即刻聯想起她上課的模樣。白白的臉，慣於坐在後方窗邊的位置，常常聽著、聽著便望著窗外發呆起來。是個沉默寡言的女孩，坐下後，低著頭，半天不吭聲。我連出了三道是非題供她回答：

「是功課跟不上嗎？」

「是人際發生了問題嗎？」

「還是生活上不適應？」

她紅著臉，將頭搖得像博浪鼓，最後，才害羞地回說：

「我若說實話，老師一定會取笑我。……我想家！想爸爸，我想明年重考，看能不能考回故鄉的學校。」

我沒敢笑，感同身受地提供個人經驗，說：

「想爸爸或想家，是常有的。老師剛到台北念大學時，也是偷偷躲進棉被裡哭了好幾回。可是，人長大了，離開家，也是很自然的事，把心思放在課業或加入社團，交交朋友，慢慢應該就可以克服的。」

Ａ君低著頭，依舊什麼話都不說。我跟她強調重考回故鄉並非易事，做女兒的，遲早都得離開父母。忍一忍，往往就能通過難過的關卡。我口沫橫飛地勸說，然而，不知癥結所在，所有的勸說，都像散彈打鳥，只是一場空。我只好耐下心再度追根究柢：

「除了想家、想爸爸之外，還有什麼原因嗎？功課跟得上嗎？跟同學處得好嗎？還是對中文系的課程感到失望？或者覺得所學與興趣不符？」

我鍥而不捨地追問，唯恐其中另有隱情，無法對症下藥。然而，她始終堅持只是想家，沒有其他理由。我雖然有些狐疑，但一想到她成長於單親家庭，從小和爸爸相依為命，和父親的情感最深，也許真的讓思念之情給困住了！看來她的意志是相當堅定的，我只能吶吶地提醒她必須再三思考、多加評估。如果一定要重考，不如先辦休學手續，免得到時候兩頭落空。最重要的，做任何決定之前，務必先讓老師知曉。她起身告辭，有禮貌地鞠躬稱謝。她轉身臨出門之際，我忽然憶起一事，問她：

「準備放棄的事，父親知道了嗎？」

她垂下頭，低聲說：

「不敢讓爸爸知道，怕他知道了要阻攔。橫豎我是不想唸了，打算先辦了手續，再告訴他，到時候反對也沒有用了！」

這是什麼想法！我大喫一驚！鄭重提醒她：

「這可不行！這麼大的決定，無論如何得先跟爸爸商量，如果他反對，要想辦法遊說他，絕不能、也不應該先斬後奏。如果父親不答應，老師是不會簽名同意的。知道嗎？」

那天夜裡，她的父親氣急敗壞打電話過來，堅稱女兒一定是在台北談戀愛受創，灰心之餘，才決定離開傷心之地。我以為他得到了什麼樣可靠的訊息才如此堅持認定，卻說只是猜測。焦慮的父親情辭懇切地拜託我：

「老師！我書讀得不多，她媽媽自伊細漢時，就跟人跑了。我一個查甫人帶伊和伊的哥哥，一年透天攏在外口打拚，也不知安怎和她溝通。伊是很乖的啦！一直攏不曾給我操心過，哪知突然打電話講伊不想讀下去，害我煩惱一整天。汝是老師，比較卡會曉講話，汝給我拜託一下，勸伊一定要繼續讀下去啦！這陣無一張大學文憑，是要安怎和別人競爭！如果是戀愛失敗，也請老師給伊開剖一下……」

夜非常靜，電話裡，男人的聲音透露出深沉的無奈和焦灼，我婉言和他說明和A君溝通的經過，他顯然不肯接受想家、想爸爸的說辭，認定那只是藉口而已。他反覆說著對女兒的期許並多方猜測放棄學業的原因。看來是一位在工作上認眞打拚卻在生活裡一籌莫展的男人，尤其在最鍾愛的女兒面前，生氣也不敢、開放又不足，我被迫只好答應找機會再次勸勸A君。不過，我也把我的擔心和他說了：

「現在的孩子受挫力很低，我已經跟她詳細分析利弊得失，她還是堅持，想必有她自己的想法。有時候，我們是不是也該尊重她個人的選擇，畢竟，我們不能替她過日子，個人的生活只能個人過！如果太勉強她，到時候，她若想不開，出了什麼意外，反倒不好。讀書的事，早一點或慢一些，沒那麼要緊的。日子要過得愉快才有意義。」

男人顯然對我「尊重個人選擇」及「個人的生活只能個人過」、「日子要過得愉快才有意義」……之類的言論感到困惑，不過，其中那句「她若想不開，出了什麼意外」，他可聽得明明白白的。於是，電話在雙方看來頗有共識卻全無辦法之下掛斷。

從那天之後，約莫有整整兩個星期，我的時間都被A君和A君的親友團所佔據。第一個星期，A君的父親如臨大敵，動員了相關親戚來和我討論應變措施，電話鈴聲不時在暗夜裡驚心動魄地響起。白天，我不停追緝A君，搭起她和家庭的橋樑，並苦口婆心曉以大義，從父母的辛勞談到人生的困境，從人際的駁雜探討至知識積累的重要；夜晚，A君的親友通緝我，不斷提供新點子給我，作爲我和A君談

判的籌碼。第二個星期，我對勸說Ａ君留下的議題感到無比厭倦，於是，決定改弦易轍。白天，我轉而傳授Ａ君遊說父親及親友的秘訣；夜裡，我一反被動挨打姿態，主動孜孜灌輸Ａ君父親及龐大親友團「尊重個人抉擇、成全Ａ君心願」的觀念。我被這糾纏不清的態勢搞得夜裡嚴重失眠，謂之「心力交瘁」亦不爲過，在家寫作繳白卷不說，出去演講也荒腔走板。終於，在一個灰敗的黃昏，在Ａ君父親嘆息妥協、Ａ君感謝歡呼的狀況下，圓滿達成我那堪稱不可能的任務。

次日，Ａ君由表姊陪同，造訪我的研究室。表姊和她對我深深一鞠躬，表達對多日來騷擾老師的不安；我也還她們深深一鞠躬，感謝她們各退一步的成全。憑良心說，我如釋重負，覺得應該至少給自己的協調能力打個九十分。我在休學表格上簽了名，並叮嚀臨別的Ａ君，隨時和老師保持聯繫，有任何困難，仍舊可以找老師商量。學生點頭稱是後，歡歡喜喜挽著表姊到學務處辦理剩下的手續。約莫二十分鐘光景，Ａ君再度高高興興挽著表姊回來。我當是來和我正式辭行，孰料局勢居然出現大逆轉，Ａ君說：

「我還是決定繼續讀下去！等這學期結束後，再做最後的決定。」

我張口結舌，只想學電視上的廣告說：

「傑克！眞是太神奇了！」

怎麼會有這樣的事情發生？到底是怎麼一回事？我好奇追問。原來學務處的一位女職員跟她分析利弊得失，告訴她現下休學，將在時間及金錢上蒙受雙重損失，並建議她好歹捱到期末才休學，可以將損失減到最輕。姊妹倆一盤算，即刻決定來個大轉彎。我運用心理學原理，絞盡腦汁且字斟句酌地勸導、歸納加分析，花了兩個星期才好不容易得到這差強人意的結果，沒料到學務處的職員前後花不到五分鐘便輕輕鬆鬆達陣成功。

「學務處裡眞是臥虎藏龍啊！」我不禁由衷地讚嘆著。

A君終於還是決定留下！我雖然不時對自己把一局簡單的棋下得七零八落、慘烈無比而感到惆悵，終究還是爲這皆大歡喜的結局高興。

兩個月後，學期結束，A君如願休學回家，我表面一切如常，其實內心受創嚴重。這樁烏龍輔導案件對我的打擊無以名之，有一段時間，因爲嚴重自卑，我在校園裡走路都抬不起頭。我從此變得謙虛，知道人生弔詭，莫做調人。

新的學期開始，此事逐漸被淡忘，瘡口結疤後也開始忘了疼。一日，學務處派員前來邀請我爲他們做一場演講，題目是：「如何輔導學生」。來人口若懸河，諂媚我說：

「聽說老師跟學生最親，對輔導很有一套。我們學務長非常希望您能來給我們指教、指教，教教我們如何輔導學生。……」

我被迷湯灌得神魂顛倒，又開始洋洋自得起來，甚至錯認自己眞是萬世師表，糊裡糊塗竟然應允。等到驀然想起往事時，已身陷龍潭虎穴裡！望著裡頭頭角崢嶸的生龍活虎，瞬間驚出一身冷汗，差點兒沒落荒而逃。

——原載二〇〇四年三月二日《中國時報．人間副刊》

破繭而出

多年前，因爲忙碌，由朋友推薦了一位她的學生K君到家裡來打工。K君長得十分瘦小，我一度懷疑他是否能勝任十分瑣碎的工作。然而，幾次下來，我便相當放心了。不只是因爲認眞，而是他落落大方的態度，讓我感到十分自在。

K君猶在郊區的大學就讀，因爲家境清寒，他的老師聽說我的需求，便讓他來試試。K君看起來是個任勞任怨的人，工作時沉默寡言，但和他聊起來，卻也能侃侃而談。沒過多久，我們便變得十分熟稔。當時，我的一雙兒女，猶在中學念書，非常喜歡這位大哥哥，只要見了面，總談得十分愉快。

K君是個非常細膩溫暖的人。偶爾，在他工作完畢離去後，我們會在牆上掛著的白板上發現他寫的留言，不外乎一些溫暖的感謝言語，然而，因爲文筆流暢、情眞意切，總讓我們全家人開心異常。若是遇上特殊的節日，如教師節或聖誕節，就會在白板旁發現他留下的祝賀卡片。他學傳播，對攝影頗有心得。當時，我家老大正面臨政大新聞系的推甄考試，K君提供了相當有力的意見。而我，常常爲拿不出一張像樣的照片給前來訪問的記者或轉載文章的出版商而苦惱，K君便自告奮勇，爲我們拍攝獨照及全家福。

有一年除夕前的最後一次工作過後，依照往例，除了薪資之外，我另外包了一個紅包酬謝他一年來的辛勞，他歡歡喜喜的騎了摩托車走了。沒過多久，我接到他打來電話，說是他將所有酬勞及紅包放在摩托車的行李箱內，沒料到到公共電話亭打了通電話，不過一轉身的功夫，摩托車竟然遭竊！雖然沒有看到他的表情，但是，從聲音裡也可以聽出他的著急。錢丟了，固然喪氣；摩托車丟了，才眞讓他傷透腦筋。失去了代步的工具，往後讀書、工作兩不便，而一輛摩托車的價錢可不是一個小數目。想到年關將屆，竟然發生這樣的意外，連我都替他難過起來。我招他回來，吩咐他到派出所報案，又另外包了個紅包給他。經過推辭再三後，他才惶恐地接下。報案之後，便帶著沉重的心情回南部過年去了。

年初二，K君興奮地從老家打來電話，說：

「摩托車找回來了！今天台北的派出所打電話通知我，他們臨檢一群小混混時發現是贓車。……報案眞的有用哦！」

雖然，置物箱內的錢早被小偷花用一空，但摩托車總算找到了，也是喜事一樁，我們全家人歡欣鼓舞，都替他感到高興。那個年，竟因一部失而復得的摩托車而顯得特別喜氣。

K君在我家幫忙兩年餘，臨畢業之際，告訴我們學校即將舉行畢業展，父母因爲忙碌，都沒辦法北上參與，特地邀請我們參加。爲了共襄盛舉，我特地到花店訂了一大盆花，送到展場。展出酒會那日，我們權充家長與會，不但全家出動，連遠在中部的阿嬤都迢迢北上，以壯聲色。還沒進門，遠遠就看到那盆花放在最顯眼的簽名桌上。K君感動得眼眶發紅，我們則驕傲得像是自家兒子畢業一樣。

K君因爲曾經出過車禍，導致雙手長短略有出入，因之不必服役。畢業後，他四處奔走，好不容易在中部的高職謀得一個臨時的教職。正當我們爲他鬆一口氣之際，竟傳出學校面臨財務危機，有幾個月都發不出薪水。無奈的K君，只能仰賴課外時間，接攝影案子、賺取外快維生。那段時間裡，偶爾，K君會在夜裡給我電話，我們的談話慣常以「薪水發了沒？」的問號起頭，以「也許過些日子就會雨過天青！」的阿Q式假設作結。

K君的運氣委實不佳。錢被偷、薪水被積欠的倒楣，相較於後來的遭遇都算微不足道。九二一地震發生，他承租在大里的住處，房子倒塌，他摸索逃生，所有東西都被埋沒在瓦礫堆中。死裡逃生的K君竟因未婚，不符申領條件，眼睜睜地將到手的慰助金繳回。他苦笑著說：

「來吧！我就不信命運能乖舛到何種地步！有本事就都來吧！誰怕誰！」

也許因爲感受生命無常，K君開始展開他的積極尋覓良緣行動。他在網路上，公開個人照片並發布即將採取獵艷行動，同時強烈呼籲有心人士代爲留意適當人選，文字活潑俏皮，常常招得我們全家在電腦前圍觀發笑。既然承他不棄喊我一聲「老師」，對學生發急的終身大事，我可不能做壁上觀。於是，憑藉幾十年來積累下的堪稱「豐沛」的人脈，熱呼呼地撒下天羅地網，希望能爲他找到一位如意的美嬌娘。只可惜，我瞎忙了一陣子，還是沒能讓雙方看對眼。幸賴K君自立自強，終於在一年多後如願

以償地找到一位教美術的小學老師。婚後，夫妻二人曾相偕到家裡來探望老師及師丈，明眸皓齒的妻子還親手捏了兩個漂亮的陶杯送給我們。幾年來，K和我們的交往堪稱密切，阿嬤看伊坑坑疤疤、跌跌撞撞地在人生途程中屢仆屢起，常常爲他憂心不已。此時，也放下心裡的一塊大石頭，說：

「唉！這個阿K，實在有夠歹命！什米款的歹運攏給伊遇著，現在總算開運了！自這陣開始，應該會卡順利囉！」

言猶在耳，我的E-mail裡竟然又傳來一封相當意外的消息，K君表達了從未有過的沮喪：

「今天我開始認眞去思考一個問題：我是不是要考慮趁著還沒有孩子之前離婚了？今晚，我老婆哭著提問了我幾件事：

「因爲私校有招生壓力，我每天晚上下班都近八點，她一人做家事累得和狗一樣，又感到很孤單！而且，假日都回婆家，沒娛樂。她自己賺錢，爲什麼事事都要配合我？像這樣過日子很痛苦，比沒結婚前還差，她很好強，都不敢告訴別人。她嫌我沒出息，好像永遠只能當個小小的私校教師。更糟的是，我媽媽頻頻問她何時生小孩？難道她自己不能決定要不要生嗎？最重要的，我沒錢，常生病，工作時間不穩定，在幾位連襟裡，最不得她父母的歡心。更慘的是，她的同事中沒一個這麼歹命的！老公沒錢，她還得晚上去教補校！

「這些問題中，有些是馬上就想得到答案的，但我沒辦法馬上改變的事實。在一些現實條件上，她是委屈了！我該怎麼辦呢？也許兩個人的想法差異太大了？」

顯然，共組家庭的喜悅，很快在現實裡被磨損。依我對K君的了解，若非事態嚴重或問題棘手，他是不會輕易寫信來求援的。我心情沉重，立刻在繁忙的工作中抽空寫信鼓勵他：

「剛剛才看到你寄來的E-mail，真嚇了一大跳。新婚時，要適應的事的確很多！你太太的抱怨，也確實不是沒有道理。結婚本爲組織一個甜蜜的家庭，但是，干擾的因素確實也很多。人生本來就是這樣，總得隨時面臨挑戰。否則，人的本事怎麼分得出高低？在這裡，我試著幫你們理一理。也許也可將此信裡的訊息，試著和太太溝通看看。

「首先，原生家庭當然得照顧，義不容辭。但每星期回去，則未免太過。父母的心情固然需要照顧，太太的想法也要想一想！女人和男人是有一些不同，女性比較浪漫，對愛情有較多的憧憬，情緒也常會高低起伏。她需要和丈夫有較多獨處的時間，是因爲愛你，她所計較的也許還不在回老家的次數，而是留在小家庭的時間。這往往被女性解讀成對愛情重視的分數。何況，將心比心，你去她家的時候是不是也有些不自在？嫁和娶，傳統上依存的關係不同，傳統強調嫁雞隨雞，現代則有些改變，是共同組織家庭。所以，如果可能，是否和父母商量，將回婆家的次數稍做調整。

「其次，工作和家庭的時間，如有可能，當然應該稍做斟酌。不要只顧工作，也許也該試著和學校溝通，即使因此升遷稍慢，或者也不是太不划算！當然，其間利害得失，太太也該承當。

「至於生孩子的問題，千萬不要應觀眾（或父母）要求。婚姻較爲穩定，或工作稍微上軌道後，夫妻再好好商量。依我看，此時也還不是適當時機，難怪太太反彈。生孩子不是生了就算，得要有好心情來教養才是負責任的作法。傳統傳宗接代的思考，只是其一，此事你得和媽媽多開導！不要給太太太大壓力。

「夫妻的關係，我喜歡用兩句話來詮釋：安危來時終須仗，甘苦來時要共嘗。

「難得兩人歷盡抉擇才有緣聚在一起，千萬不可動輒談分手。你想想妻子諸多怨言，無非希望丈夫多所成就，以爲驕人。也許有些話說重了，傷了你的心，但是，生氣時，說些不中聽的氣話，也是常有的事，不必記掛在心。你娶得晚，她父母對你了解不深，其他女婿相處較久，先聲奪人，也是正常的。依老師對你的理解，日久見人心！日子久了，他們一定會慢慢喜歡你的。這一點絕對不用愁，老師可以打包票，只要你多花一點時間和他們相處，並且對他女兒好一些，絕無問題。

「我看你太太並不是不明理的人，看起來也相當開朗大方。夫妻多花時間溝通，有時一起出去玩玩，喝喝咖啡，吃吃飯，調劑一下情緒很重要。年輕女子誰不想玩，不能爲了久遠的未來，犧牲所有的當下。雖說貧賤夫妻百事哀，但你們離『貧賤』還太遠，夫妻都在工作，適度的休閒不要看得太嚴重，你以爲如何？

「啊！胡言亂語，你就姑妄聽之吧！」

E-mail寄出後，我不放心，又在夜裡給他打了電話，也和他太太說了話，鼓勵他們一定得齊心設法度過難關。

「重要的是彼此都知道對方的愛，只要相愛，沒有過不去的關卡的。」

最後，我信心滿滿地向他們保證著，好像曾經爲這樁婚姻投過巨額保險一樣。

日子在忙碌中過去，一回，我經過學校的教育學程招考教室，赫然發現K君正白著臉等候面試。原來，爲了尋求更多的保障，K君希望藉由補修教育學分，擠進公立中學。我問起他們的近況，K君說：

「不好意思，讓老師擔心了！雖然仍舊有些小問題等待克服，但大體一切OK。我按照老師的指示，在生活上做了些許調整，太太也有了善意的回應。……這次考試，就是太太的鼓勵。」

看來，夫妻二人已決定胼手胝足，一起爲美好的將來打拚了，我總算稍稍放了心。

其後，有關K君的消息，我都是陸續從電子郵件及電話中獲知。例如：他終於考上教育學程並在每星期日迢迢北上上課，接著，辛苦的課程終於修習完畢；再來是考上國中代課老師……，K君正一步一步向理想邁進。K君在北上時，常會到家裡來坐坐聊聊。談到他的學生時，K君慣常流露出寵溺的語氣，講到學生的調皮時，表情無奈卻又充滿熱情。依我教書多年的經驗，我斷定他一定是一位頗受歡迎的教師，有熱忱、有理想之外，還有彈性跟方法。我納悶他所代課的學校難道無法為他爭取到正式的教職嗎？他忽然變得有些激憤起來，說：

「我說了，老師一定不相信，現在要進到學校去教書，學問跟熱情是其次，孫中山（鈔票）才重要。當老師是有行情的！而且，光知道行情還不行，沒有民意代表推薦也不管用！很多校長都一邊拿錢，一邊還做人情給民意代表，一兼二顧，摸蜊仔兼洗褲。像我這樣家境清寒的人！雖然充滿教學的熱忱，可惜……唉！只好走著瞧！看是不是有機會遇到奇蹟了！」

我大爲吃驚，以前聽人說過類似的說法，總是不信身爲教育工作者會這麼齷齪骯污！現在從一位剛出社會的純樸青年口中道出，不由讓我備感驚心！然而，亦是無可奈何的，百足之蟲、死而不僵，社會沉淪，竟從教育工作者開其端，寧非最大的諷刺！我無能辯解，只是俯首沉吟，覺得無限痛心。私心裡，還是指望仍有純淨的校園能讓優秀但毫無背景的老師有揮灑的空間，我還是不願相信台灣就沒有有良知的校長！

果然！只要懷抱信心，老天終究會應許人們的期待的，K君終也時來運轉。一日，K君在長途電話裡顫抖著聲音跟我報喜來了！他換了代課學校，可喜又遇上一位賞識他的校長，秉公將他扶正。K君的太太高興得不得了！彷彿一夕之間，所有曾經的疑難雜症悉數痊癒。臨掛電話之際，K君幾乎是語帶哽咽地說：

「謝謝老師在人生的轉彎處給我的鼓勵，讓我不致灰心喪志。所以，一得知好消息，便特地打這通電話給老師報喜，希望能跟老師一起分享喜悅。」

放下電話，我一邊流淚，一邊在屋子裡高興地打轉，滿溢的喜悅不知傾瀉到何處，等不及外子下班，急急打電話到他公司去。外子雖然和我一樣開心，卻取笑我說：

「看你高興的！好像中了樂透！」

「是呀！是像中樂透，而且還是巨額的樂透！」

身爲一位老師，有什麼比證明了世界終究存在著公理更加振奮人心的！

K君教書工作的穩定，促使家庭氣氛轉趨愉悅。太太在他的遊說之下，同意通勤上班，二人搬回婆家，陪伴年邁的公婆。K君雖然仍舊憂心忡忡，不過，這回他已經累積了相當的經驗，決定兵來將擋、水來土掩。他說：

「每個人都有情緒，我變成了豬八戒照鏡子——裡外不是人，婆媳問題眞是個天大的考驗！……不過，老師請放心！我記得老師說的，只要我嘴巴甜一些、腰軟一點，相信太太不難搞定。……我已經有充分的心理準備了！」

我呵呵笑著，K君眞是個「舉一隅而能以三隅反」的學生。從一位看來經常焦頭爛額的大學生，K君終於由青澀轉爲成熟。沒有被重重的人生磨難壓垮，沒有被不公不義的社會污染，K君已然破繭而出，開始翩然起舞了！我何其有幸，和他在人生途程中邂逅，繼之結下了難得的緣分，更進而見識了年輕生命的無限可能。

——原載二〇〇四年四月十二～十三日《中央日報．副刊》

人際的困惑

猶豫的敲門聲，似有若無，兩位助理和我不約而同抬頭側耳諦聽。沒有！當我們同時埋首打算繼續手邊的工作，怯怯的敲門聲又輕輕響起。

「請進！」

我朝著門口喊道。沒有應聲，門也沒開，三人面面相覷。男性助理起身，探首門外，引進了一位俯首斂眉的女子，我認出是正上著我所講授的「影劇與人生」課程的學生Ａ君。

「有事？」

Ａ君把頭埋得更深了！髮際隱約露出泛紅的耳朵。男助理識趣地告退，只剩了另一位專注做事的女助理。我倒了杯水給她，請她坐下。幾經鼓勵後，她低聲說：

「可不可以請老師幫忙推薦可靠的心理輔導人員？」

「是哪方面需要輔導呢？可以透露嗎？」

Ａ君抬眼看了看坐在一邊的助理，小小聲地回說：

「人際關係啦。……我今年大二，從上大學到現在，我幾乎從未感受過大學生活的快樂，我都沒有什麼要好的朋友，心裡覺得很空虛。」

在A君來到研究室之前，我一直都以爲她是一位相當活躍的學生，上課勇於發言，而且也都言之有物。考卷寫得整整齊齊，內容堪稱豐富，留給我很深刻的印象。沒料到這樣一位在學業上表現傑出的學生，內心裡有如此糾結的困惑！我微笑著，等著她進一步說明。A君搓著手，似乎不知如何準確表達內心的感受：

「我的意思是……意思是……可能在某些我所忽略的地方該做一些調整，否則，爲什麼都沒辦法和同學水乳交融地相處在一起？我很羨慕有些同學總是隨時可以呼朋引伴一起做功課、遊玩，甚至只是一起去洗手間也好。」

我節制著，不讓自己笑出來。二十幾歲的女學生猶然像國中生般想望著和同學親暱地勾肩搭背去洗手間！我忽然憶起我那獨行俠似的大學生活，看似獨立堅強，實則渴望友誼，情感上的脆弱徬徨，和眼前的學生並無二致。當時的我，曾經和這位同學一樣做過努力、企圖扭轉難堪的人際嗎？仔細想來，我竟只是束手就擒，佯裝驕傲。想到這兒，我倒佩服起她的勇氣了。我告訴她：

「你發現問題之後，能勇敢面對，並積極尋求解決之道，這份勇氣將是未來出社會時非常可貴的資產。老師年少時，儘管也有和你一樣的困惑，卻裹足不前，只是暗自神傷。所以，說起來你比老師要強多了！人際關係的確是一門大學問，有人花一輩子的時間也沒學好，也許你可以試著到學校的輔導中心去試試，那兒有老師可以提供專業的意見。不過，以我過來人的看法，也許你也可以不必那麼焦慮！人類就是因爲各個性向不同，才萌生百花齊放的盛景。人緣好的人，將來可以去競選民意代表；人緣差一些或較缺乏領導風格的，就準備做研究工作吧！重要的是，要想法去喜歡自己，不要只是羨慕別人。……」

正斟酌著如何措辭以開導學生的困惑，那位一直在旁邊低頭黏貼著發票的助理突然抬起頭說：

「是呀！我以前也是這樣，總是羨慕別人的人緣好，可是，後來才發現，人緣看起來極好的人，她又有另外的麻煩，她們有時候還羨慕我們的無牽無掛哪！所以，人生沒有十全十美的。我以前才傻哪！爲了迎合朋友，明明不同意他的看法，卻還假裝贊成，很痛苦的……」

「是啊！是啊！我就是那樣啊！……」A君熱切地附和著，彷彿找到了知音。

「而且，你知道嗎？有些在我們看來人緣好到讓人嫉妒的人，她自己也並不滿意哪！她或許也爲沒有交到眞正知心的朋友而困擾著。我就見過一位這樣的同學，常常感嘆交遊滿天下、知己無一人。」

助理和那位充滿疑惑的學生開始相互交心起來。上課的鐘聲響起，她們猶自熱鬧地交換著各自的體驗。看來我已無用武之地，遂挾起課本奔往課室，留下她們二人在研究室內暢所欲言。

——原載二〇〇四年四月二十四日《新台灣》周刊

美麗的秋天

雖然是個美麗的秋季，我卻罹患了嚴重的感冒。激烈的咳嗽，震驚了教書的教室，我涕泗橫流，語不成聲，學生殷勤的爲我搬凳子、倒開水，我且咳且說，才開學沒多久，很多的話還來不及說。

ＢＢＳ站上，有學生寄語老師保重，教過的、正在教的學生，想用溫暖來治療我因著涼或其他什麼不知名的原因所引起的感冒，甚至，在校外的演講場合裡，也有人在中途休息時間，搶時間到附近藥房爲我捎來止咳糖漿，我殷殷致謝，心裡流淌著受寵溺的甜蜜，啊！多麼美麗的一場感冒！

一日，我在ｅ－ｍａｉｌ裡，忽然收到一封署名袁勤國的來信，他說他是我以前教過的學生，他建議我建立一個ｈｏｍｅｐａｇｅ來和大夥兒溝通，如果我願意，他可以幫忙。我邊咳邊看，一邊在記憶的底層打撈，名字是熟悉的，但是，是哪一張臉孔呢？是哪個人如此大膽敢來招攬這麼麻煩的活兒呢？次日，我在結束一場會議後，看到他，不禁笑起來，是一張很熟悉的臉，他說他已畢業多年，我卻覺得似乎還在昨日的教室裡見過他，不知道爲什麼，我的學生常常給我這樣的錯覺！

我以爲只是一個玩笑，他卻當眞。

我提供一些資料，以我有限的電腦知識及對人情的認知，以爲至少要到公元兩千年才會看到我的homepage，沒料到卻在短短幾天內出現了！我坐在充滿陽光的書房裡，對著電腦，看到如此溫柔婉約的版面展示在眼前，激動地掉淚，啊！有這樣多情且高效率的學生，我是不是可以往臉上貼金，說是

「教導有方」啊？

一直覺得當老師是幸福的，而我的遭遇又彷彿比旁人幸運些。教書、演講、寫作，對發表慾強烈的我而言，每樣都讓我興致盎然，我有親密的家人，我有可愛的學生，還有散居各地的讀者及從四面八方群聚過來的聽眾，不管我的表現如何，他們總給我最熱烈的掌聲和最大的寬容，而我只能以有限的知識和無限的誠意來報答，這世界總讓我看到陽光！

有了屬於自己的homepage，便可以暢所欲言。雖說，可以預期的，這個homepage將佔用我許多的時間，但是，對一向堅信「教學相長」的我而言，毋寧更相信它將帶給我更寬廣的視野，而活了四十餘年，也眞的有許多話要說。和「人」的互動、對人際的關切，使我對人世永不灰心，對生活永遠充滿感激。

歡迎和我一樣熱切生活著的有緣人，一起到網站上來探討人生。

天氣逐漸轉涼，校園裡，秋意漸濃。

我涕泗縱橫，爲生病，爲人情，更爲一個homepage的誕生，無疑的，我的學生要爲此負最大的責任，其中尤以袁勤國爲最。

——原載一九九七年十一月三日《中央日報・副刊》

多年前嫁出去的女兒——我的學生王家珍

當家珍的老師，眞是一件非常開心的事！每每打開電子信箱，便會收到她溫暖的問候。更讓我感到無限虛榮的是，她還常常在我的網站留言版上，無酬且不遺餘力地公開宣揚她的老師——我的「善行懿事」，無形中提高了我在學生心目中的地位；我也才可以不費吹灰之力地舉例說明如何叫「尊師重道」！

每年，我教過的學生，少說有兩、三百人。說來慚愧，因爲記憶力衰退，我眞正能將面孔和名字對準焦距的，授課二十年下來，恐怕還不到十人。而家珍就是這少數人中，讓我印象最深刻的。我對家珍的印象，並不是來自她優越的成績，而是在上課時發生的一件事。大學時，她已醉心寫作，常常投稿。在一次偶然的討論中，我驚訝地發現，她對被退稿的經驗，毫不諱言，甚至當成一種極寶貴的經驗來看待，一時讓我大爲嘆服。當時，我就覺得，以家珍對待寫作的如此成熟心態，將來必然積累可觀的成績。果不其然！在畢業沒多久後的某一年，我就從報上看到她所寫的童書榮獲一家大型報社評選爲當年度最佳童書的消息！說實在的，這消息對我而言一點都不感到意外。家珍在大學讀書時，就時常參加文學獎的比賽，並且熱心的鼓吹同學一起參與，還不辭辛勞的編輯班刊，以提高文風。

當年，我彷彿是教她們一門叫「戲劇及習作」的課程。研究所畢業沒多久便開了這樣的一門專業課程，讓我感到非常大的壓力！常常擔心學生能從我這兒學到些什麼！家珍總是安安靜靜的坐在遠遠的位置上，我不確知她是否正在聆聽，但她偶爾綻開笑靨時，便露出兩個深深的酒渦，看起來好像眞的聽得很開心似的，我總忍不住多看她兩眼！學生的反應往往主宰著老師教書的熱忱，可惜很多學生都不知道。

那年，爲了班刊的編輯，記得她曾夥同幾位同學，在一個黃昏來家裡聊天。也許是想聽聽我的意見；也許是拿已編好的班刊來贈送；又好像從我這兒帶走一些雜誌。日子久了，竟是不容易記明白了！家珍似乎一逕沉默著，只在一旁淺笑。她的話雖然很少，但談到某位評審老師對她作品遣詞造句的保守評語，彷彿又忍不住顯出激越的語氣，讓我留下深刻的印象。顯然，她並不是對這世界沒意見的！或者是因爲意見太多，竟不知說些什麼才好吧？我在心裡如是揣測著。

在那一次得獎的頒獎典禮上，我擠過重重的人群，去向她表達祝賀之意。看到我，她似乎有些驚喜，卻仍是靦腆得不知如何說話。倒是一向容易激動的我，一邊說著沒有秩序的恭禧，一邊自己先就紅了眼眶，彷彿娘家的媽媽聽到嫁出去的女兒受到公婆盛讚般的欣喜及驕傲！其實，家珍的傑出成績，我是一丁點兒都沒幫上忙的。除了初生之犢的銳氣外，那年，我的書實在教得極糟！幸而，選修的學生太多，我總算找到難以兼顧品質的藉口！

台北的生活實在忙碌！家珍和我的聯絡常常只是特殊節日的賀卡，藕斷絲連的。一日，忽然看到家珍的問候挨擠在眾多電子信件當中。原來她也上到我的個人網站上來了！有了便捷的聯絡工具，我們的交往就更密切了。是因爲家珍及許多失聯學生、故舊重新在網路上和我親切招呼之故，我開始強烈質疑「網路世界的虛妄可能導致人際疏離」的說法。實際上是：網路的迅速便捷，拉近了久違的人際！

或者在網站留言版上留言、或者在電子信箱內呈現她的新作及倩影。不時的，家珍捎來她的最新消息。我因之知道她正爲一群在聯考惡夢中掙扎的孩子補習。爲了鼓勵，她買了好幾本我的書想贈送他們！在e-mail裡，她要求我能不能爲這些書簽名。我當然一口答應了！我們決定找個機會一起喝喝咖啡！從夏天一直約到冬日，終於，我們在我的工作室見了面！

家珍從背包裡翻出預備的書及用漂亮字跡書寫著的孩子的名字，每讓我簽一本，眼睛裡便煥發出奇異的光彩，說：

「這位念國二，想考北一女！她很用功，很乖！……」

「這位念國三，想考北一女！她很聰明，成績也很好……」

「這位是男生，對音樂很在行，想念師大附中，他很喜歡音樂！」

「這位也很用功！可惜最近成績一直不大穩定，媽媽很著急！他想唸建中！」

……

我聽著、看著，不覺癡了！那種如數家珍的驕傲表情，及對每位小孩細膩觀察的體貼心情，不禁使我心移神馳了！我笑她：

「你的學生胃口眞不小！怎麼每一位都想考北一女、建中！三芝鄉的國中，程度好嗎？」

我的話裡，明顯有著若干「可憐天下老師心」的揶揄，家珍卻認眞地回說：

「他們都很棒的！很多都是全年級第一名的！他們呀！你不知道……」

三芝鄉的孩子何其有幸！原先只準備草草簽名應付的我，在驀然添加的幾分鄭重後，決定必須正視這份疼惜孩子的愛心。我正襟危坐地照著家珍老師的介紹，在每一份心意上，端端正正題下「太老師」對各個孩子不同的期許！

然後，她接著從背包裡取出一疊打字稿，有一點不好意思地說：

「我即將出新書了！老師不是說可以爲我寫個序嗎？我把部份的稿子帶來了！」

我這才想起，那年頒獎典禮過後，我在沾光之餘，不免又犯了衝動的毛病，曾自告奮勇要爲她將來出的新書說幾句話！不過是勉勵她再接再厲的話罷了！她居然當眞了！而做爲老師的我，又豈能食言而肥。

因爲家珍天眞溫暖，所以她寫的文章，有一種清明的童趣，常讓人讀後眼紅心熱，大家看了書必然知道，無庸我贅言；家珍的人，經過老師打包票後，自然也是可信的！雖然，老師的話也常常當不得眞！

家珍至今未婚，可不知爲什麼，我卻常常恍惚地以爲她是我多年前嫁出去的女兒。

——原載二〇〇〇年二月二十三日《中央日報·副刊》

青年Ｊ君的煩惱

「時間過得很快，上來台北讀書一轉眼就是五年，雙主修總算結束，所以今年就要畢業離開師大了。接下來一年，我會在南港的高中實習，一面實習，也一邊準備研究所和教師甄試，生活應該不比大學生活吧。回想當初甫上台北時，老師熱情地邀我到工作室喝咖啡的那份悠閒，現在想起來夢幻得很，未來可能會很忙碌，原來想在上班前，找個時間去世新找老師，給老師個驚喜；後來又怕耽誤老師行程，所以捎封信跟老師聊聊，也感謝老師這幾年來的鼓勵與協助，這些也將是我大學美好回憶的一部份。最後祝福老師接下來的學術、教學工作均能順心，身體也要保重，代問師丈好。」

幾天前，Ｊ君捎來了這麼一封電子郵件，讓我驚覺歲月眞的如梭。依稀才是昨天的事，怎麼忽忽已然六、七年！初識Ｊ君，他才高二；一晃眼，他已成爲人師。Ｊ君其實並非受業於我的學生，但幾年來和我的互動，較諸眞正受業的學生猶有過之。我們的緣分起自網路，我們的關係堪稱亦師亦友。

一九九七年秋天，我的學生袁勤國幫我在當時任教的中正理工學院，架設了一個名爲「嫵媚——廖玉蕙」的網站，其中的留言板曾經吸引了許多年輕人，J君就是其中的一個。我還記得他是聽了我在中山大學的一場全國性讀書會的演講，在我的留言板上留言，除了希望我能整理演講內容並將講詞附於新書上出版外，還要求我能在網站上介紹好書給網友。我有些驚訝一位正被聯考緊箍咒緊緊宰制的高中生，竟然對閱讀課外書籍有這麼大的熱忱，所以，對他不免另眼相看。許久後才知道，他刻意選在十七歲的生日那天鼓起勇氣在板上留言。

那些年，我初識網路，感其新鮮，在網路上和年輕的朋友有極爲密切的互動。許多面臨聯考的苦悶心靈，在我的網站上徘徊流連，大夥兒相濡以沫，頗得到一些安慰。在第一回的網上留言後沒多久，他又在網站上寫下了如下的文字：

「仔細回想，兩年內要求自己看許多課外書的選擇是對的，它們讓我從封閉的生活中走出，跳脫自己的象牙塔，接觸千變萬化的世界，學到許多新的事物，也使我體悟到一些不一樣的想法！上了高三，功課壓力一定很大，到時就不知道還有沒有『閒暇』來看課外書了！接著，要告訴老師一個好消息，在我們班上有越來越多同學喜歡看您的書，所以我的書常常一借就被借了數個星期；希望您能再接再厲，寫出更好的書供我們欣賞！」

我當然覺得開心，但同時也爲他老氣橫秋的勉勵言語感到有趣，於是，忍不住跟他開了個玩笑：

「看到你的留言，我才恍然大悟，我的書之所以一直沒能大賣，原來就是這樣啦！大家雖然都說喜歡，卻都只是借來看！哎呀！難怪銷路有限。終於眞相大白了！」

其後，他屢屢上網留言，抒發內心的苦悶及緊張：

「最近的心情low到了谷底。申請入學及甄試雙雙落榜，國中同學患了癌症，可能有危險；明天就是模擬考了，雖埋首於課本中，精神卻集中不起來，複雜的心情好比打了結的毛線，解也解不開！」

生活裡，只要有些什麼特別的變化，他都不吝告知網友。我深知受困聯考的苦悶，也理解正當青春年少時期內心的澎湃洶湧。所以，只要不是太過忙碌，我總排除萬難上網去寫些文字爲他打氣：

「人生有些挫敗不是太壞的事，這些，能讓人學會謙虛。難過是一定的，尤其是面對生老病死的必經過程，有時也只能嘆口氣接受啦！」

事實上，人生所有的痛都只能自己親受，有誰能幫忙負擔呢？然而，在親嘗、親受之際，若有人傾聽回應，或者也能稍解擔承時的重量吧！我當時是這麼想著的。

次年，J君聯考結束，我應古典詩學會的邀請南下高雄演講。J君很興奮地留言說：

「老師，那天我會去喔！假如您看到一個胖胖的，臉圓圓、大大的人，應該就是我了。另外倘若您不趕時間，講完幫我簽個名好嗎？」

那晚，演講接近尾聲時，我用公開尋人的方式，在高雄文化中心的演講廳裡見到他。果然如他所說是個圓臉的男孩，還有一雙他自己沒提到的吊梢鳳眼，非常斯文可愛。

聯考即將放榜的前夕，J君還不忘上網表達他心情的忐忑。我則戴上眼鏡，在其後放榜的報紙榜單上細細搜尋，然後，在師大國文系J君的名字上，用紅筆標出，並逢人就誇耀一番，就像我的子女考上一樣的高興。然後，我邀請他北上之後，別忘到家裡來坐坐、喝喝咖啡。

J君一直對當老師一事，表示熱切的嚮往。雖然好不容易如願以償，卻似乎並無想像中的高興。多愁善感的他時常落入情緒的低潮，沒過多久，上榜的喜悅又被寂寞的感覺取代，更為渾沌的未來而常常感到不安，我笑稱這是上榜焦慮症，遊說也喜歡寫作的他提起筆來：

「一個人朝目標奮力前進，一旦目標解除，繼之而來的往往是無盡的空虛，這也是我拿到博士學位後的最深刻感觸。幸而，我養成了寫作的習慣，可以寄託空虛寂寞的情感。」

到師大報到後，他很快帶著兩位同樣北上讀書的高中男同學一起前來拜訪。而我一位大學同學的女兒也剛好考上師大社教系，我也邀約她一起來，讓年輕人彼此認識，以利往後相互照應。幾個年輕人和我在工作室裡暢談未來的計畫，雖然不免靦腆卻又意興風發。我們聊得開心，差一點忘了天黑！

Ｊ君眞是個好學深思的人。藉由電子郵件，我們仍舊保持聯繫。無論是新書發表會或演講，他都會呼朋引伴前來聆聽。有時也會和我分享他的研究成果，他自己架設了新網站，也沒忘記告知網址；看到好書，更會興奮地介紹給我。從大一到畢業，Ｊ君求學的種種，興奮或忿懣，我幾乎都感同身受。他常在網路上

提出許多的疑問，包括：古今散文的定義、《孟子》裡西子蒙不潔篇的確切意義、琦君《繕校室八小時》可以在哪裡找到？唐代傳奇研究的資料等。他敏感多情，容易傷感，情緒也時常受到外在的影響，高潮迭起。有一回，他對所寫兩篇論文，不獲校內系刊及人文學術獎青睞，感受到極大的憤慨：

「兩者我都有憤慨之情，尤以今日才頒獎的論文，舉例用魯迅等人，即是沒有台灣主體的表現。這樣的評審意見，我很難心服。爲此，我很難過，畢竟花了相當大的心血，又在雜事夾擊下，擠出時間耕耘。得到這樣的結果，眞的很難過。」

那陣子，公私兩忙，我本來是抽不出時間回信的。然而，我從字裡行間讀出了極大的憤恨，很怕他因爲一時的挫敗減損了對學術的熱情，所以，儘管時間有限，我還是勉爲其難：

「認眞做過的事，一定有成績顯示出來，未必即在眼前，有一天你會感受到收穫的快樂的。所以，難過可以，灰心就划不來了！至於評審工作，本來就難以求全，那樣的理由當然沒意思，但也代表了他個人的意見，不服氣也沒法子！誰叫他是評審，評審本來就參雜許多主觀看法。重要的是，你從寫文章、蒐集資料中是否覺得得到進步？似乎有些唱高調，卻也是事實。我年少時，在許多地方工作，雖然賣力，也常感覺得到不公平待遇。但如今眞的感謝這些挫折，讓我發憤圖強，絕不屈居人下！也眞從工作中訓練出一些本事來，如今還受用著哪！」

J君不時上網拋出議題，最常思考如何做個好老師。逐漸地，他從課堂上實際備課、教課的過程裡，了解到教書的辛苦，可是，他告訴我，他把這種辛苦視做「甜蜜的負擔」。他看到網上有許多我教過的學生上來跟老師打招呼，幾次表達對我「桃李滿天下」的羨慕，希望未來從事教書工作時，也能有好的成績，成爲學生口中的好老師，他甚至希望能從我的身上學到教書的技巧。每次看到這樣的留言，伴隨慚愧而來的，是極大的安慰，覺得台灣的教育工作託付在這般有心的老師身上，眞是令人十分振奮。一回，J君在被嚴格的老師百般折磨後，忽然問我關於「嚴格」和「輕鬆」的教學法的利弊得失，並請教我會選擇當怎樣的老師。這一問，還眞讓我仔細思考了半天。教書多年，自認還算認眞，卻從來談不上嚴格。嚴格的老師見不善如探湯，通常會在事前訂立許多的規範。而我一向強調快樂的學習，寧可揚棄規範，培養學生樂於親近學問的心情。於是，我告訴他：

「唸書不輕鬆，教書更難哪！做怎樣的老師，有時並非決定於個人的選擇，而是天生的稟賦使然！天生嚴肅的人，讓他做個輕鬆的老師，比登天還難！像我生性疏懶，想做個嚴肅的老師也不可能！所以，學生稍稍用功一些，我就感激涕零！佩服有加！我是用加分法來看待學生的學習成果的，嚴格的人通常習於用減分法，兩者無分軒輊，端看是否能爲學習者所接受罷了！你以爲呢？」

接下來的日子，J君似乎因爲課業、社團兩忙，感受到極大的壓力，報告纏身、期末考將至、跳蚤書展負責人、下學期學藝、學校刊物的編輯……因爲對被交付的任務總是太過求全，使他身心俱疲、瀕臨崩潰。他說學伴建議他須「有捨，有選擇」。我看他在如此忙碌之際，還將壓力來源寫得巨細靡遺，就知他被困是其來有自。於是，提醒他：

「你的學伴說得對，囫圇吞棗、生吞活剝必然伴隨著全盤皆墨。生活裡，有一些偷閒、有一些選擇是必須的，畢竟不是鐵打的身子！我知你求全之心甚強，但超過負荷，眼前不見得有立即的後果，過些時日，黑眼圈、細皺紋、乾枯的臉頰、混沌的心、發疼的腦、絞緊的心……嘿！嘿！到時候，你就知道厲害了！二十歲的你總不希望提早過四十歲的生活吧！」

學期即將結束時，J君寄來一張賀卡，說他突然想到韓愈四十歲形容自己「髮蒼蒼、視茫茫而齒牙動搖」，而他其實也好不到哪裡，我在前信中寫的黑眼圈、細紋……，全都在他身上一一浮現。我立刻乘勝追擊，勸他煩惱過多，傷心又傷身，不如放寬標準，在全力以赴之後，便聽天由命吧！最後，還忍不住跟他開了個玩笑：

「趁寒假好好休息休息！將皺紋拉平、將黑眼圈抹上白粉、將動搖的牙齒扶正、將蒼蒼的白髮染黑！」

據我長期的觀察，J君太容易緊張，又求好心切，心情不好的時候，許多問題都被擴大成無力解決。我常勉勵他路是不停的延伸下去的，我們的腳步也不大會因爲痛苦而停歇，走著走著，常常日子也就這樣過下去！有時過度認眞並非好事。生活中苦樂參半是很正常的，人生要愉快，得學會多將眼睛注視愉悅的地方、而很快將痛苦忘掉才行。然而，人的個性根深柢固，讓悲觀成性的人一下子豁然開朗，其難度之高，可想而知。J君當然知道這個道理，也經常努力實踐，不時像歷盡滄桑的人老氣橫秋地寫信來說「無論現在有啥小事，都可以一笑置之，因爲大風大浪都已經過去了」或「以後漸有年歲，再來回想這件事時會很想笑」。有一回，還難得的捎來一掃陰霾的訊息：

「今天去了台中清水，很接近老師的故鄉唷。只是路癡的我，出了很多小差錯，不過，這是我第一次坐中興號、坐復興號，而且台中港區藝術中心很漂亮，書法展覽也相當豐富，只是人太多了！但是，我要告訴老師，終於脫離陰霾，感覺眞好，走走路，頗舒服。雖然報告因爲電腦當機而遺失檔案的影響，進度延後許多，但是偶爾偷閒的feeling眞是不錯！好久沒有那麼開心了……」

但是，儘管如此，過沒多久，他又會流連在「可嘆愁緒滿腔，只得咽淚裝歡」的情緒裡，無法自解。而我屢屢從J君的傷感、多情，看到我年少時的影子，就對他格外的疼惜。

前年，應師大文學院長之邀去演講，J君混跡在人群之中，直到演講過後，我才發現。我們在學校中庭的樹蔭下，談了許久。依稀記得J君提起到高中實習的種種，語氣裡除了小小的困擾外，更多的是驕傲和期許。我聽得出，這位滿懷壯志的未來年輕老師正面臨轉型，由昔時的年少輕狂、傷春悲秋逐漸向現實世界靠攏，變得自信而務實。微風徐徐吹著，我不由想起那年在高雄文化中心的初識，圓臉依舊，卻多了份端凝，歲月在我們的身上都留下了痕跡，可貴的是，Ｊ君依舊純真熱情，並不像許多經過城市濡染的孩子變得世故、富心機；而我也頗慶幸自己在學院、文藝圈裡教書、寫作多年，雖偶萌倦怠，卻依然對人世不改癡心。

如今，Ｊ君終於正式向求學生涯告別，筆直地朝另一個階段的人生走去。由青澀、苦惱，直到成熟穩重，我站在Ｊ君行過的路邊，一邊觀看他苦惱的成長進程，一邊不忘在旁奮力搖旗吶喊，聲聲加油。但願青年Ｊ君的煩惱，在這次回身轉移身分的同時，也將悉數隨之遠颺。

——原載二〇〇四年八月二十～二十一《中央日報・副刊》

C.M. TSAI '04

卷二

像我這樣的老師

教室裡的氣氛幾乎陷入瘋狂熱烈境地，

韓愈、韓信；劉備、劉邦；關羽、項羽；

岳飛、張飛……同學們興緻勃勃地

相互糾正著、調笑著，

岳飛打張飛，打得滿天飛！

窗外的蟬鳴越發熾烈起來。

像我這樣的老師

像我這樣的老師，忘性比記性快數十倍，精明比糊塗少幾百分，看起來優遊自在，其實成天提心吊膽。值得擔心的事實在太多：萬一考卷遺失、如果分數算錯、倘設計分簿忘了擱在何處、如果導生出了車禍……每一個環節都潛藏無法預料的危機，難怪失眠症候尾隨不去。午夜夢迴，經常驚出一身冷汗。說實在的，能教二十餘年書，還沒有犯太嚴重的過失或提前被學校解聘，眞是託天之幸。

像我這樣的老師，帶錯課本、走錯教室，幾乎無「週」不有之。幸而師生雙方已培養出相當的默契：老師在家勤於備課、絞盡腦汁提醒自己自愛；學生群裡，學長傳學弟、學姊叮嚀學妹，代代相傳，知道老師的糊塗，寬容加體貼，也早早備好應對良方。上課前，派員到研究室內拘捕教授是一種；上課五分鐘後，分頭到各樓層追緝是另一種；幫老師多預備一本課本是基本常識；隨機奉上原子筆或衛生紙是尋常小事；帶爸媽的老花眼鏡來讓老師備用是分外的體貼；下課後，送回老師遺忘在教室內的外套則是冬日的額外服務。幸而，雖然狀況頻傳，倒無重大到不可收拾

的情事發生。

像我這樣的老師，必須坦白招認，儘管一直兢兢業業、深自惕厲，卻只能勉強維持大錯不犯，小過可是從來不斷。記憶深刻的幾次幾乎被嚇破膽的事，都跟考卷脫離不了干係。十餘年前，一個下著毛毛細雨的午後。考完試，開車繞進家裡的小巷內，抱著厚厚一疊考卷從車裡出來，驀地一陣旋風直撲巷底，居然將我手上的考卷席捲而去。就這樣，考卷像鵝毛般一張張四下飛舞，我的魂魄也隨之飛上了天。驚嚇之餘，我拔足狂奔，雙手往天空胡亂抓取，巷內幾位正冒著雨玩耍的小朋友見狀，心花怒放地當成追逐遊戲。一時之間，巷內氣氛爲之沸騰，有位小朋友光顧著追考卷，一不小心撞上了牆，哇哇大哭了起來；大部分的小朋友像是遇到嘉年華會似的，對著飛舞的紙張拍手歡呼。雨越下越大，眼見幾張考卷飄呀飄地飄過圍牆，就那樣丰姿綽約地落進了一家無人應門的院內。情急生智，當下發出緊急懸賞——一張考卷十元，雖非重賞，卻立即有小勇夫一位報名，身手矯健地翻牆進去，找回了四張濕淋淋的卷子。雖然因爲雨水的洗滌，考卷面目有些模糊，但是，對那位見「利」勇爲的小朋友，倒眞是叩頭如搗蒜，感謝他臨危授命，恩同再造。

像我這樣的老師，眞是可憐！雖然只是虛驚一場，但從那以後，我每回攜帶考卷，總不忘用數條橡皮筋將它再三綑紮，並緊緊攬在懷裡。這件事的後患無窮，從那之後，漫天飛舞的考卷直攻夢境，取代了纏繞不休的寫不出答案的聯考噩夢，我變得神經兮兮的。

烏龍事當然不只這一樁，另有一件讓我耿耿於懷十餘年的事，也是和考卷相關的。

一回，將成績登錄完畢後，發現有一位學生既未請假，也沒考卷。像我這樣認眞負責的老師自然不敢掉以輕心，趕緊一通電話打到宿舍內問明緣由。電話那一頭傳來篤定的回答：

「報告教授！我去考試了呀。」

這年頭，學生的花樣可多了！我才不會輕易上當！上次有位學生沒繳作文還硬拗，害得缺乏信心的我自責地找了又找，其後在教師休息室裡偶然和其他教授相互切磋，才發現這位學生前科累累，慣用這樣栽贓的方式逃避繳交作業。

「我可是經驗老到的！想用這樣的老套！哼！去騙其他的菜鳥老師吧！我精得跟水晶猴子似的！想騙我？門兒都沒有。」

我心裡這樣小人地陰陰想著，表面上沒忘記維持民主的風範：

「你說你來考了，我卻沒看到你的考卷，這個事情可麻煩大了！……這樣吧！我也不爲難你，你若眞的出席考試，必然有同學看到你，你就找個同學來作證吧。」

電話掛斷沒多久，證人打電話來了，他說他可以證明當事人曾經來考試。

「那你看到他繳卷了嗎？」

他一時語塞，沒說話。我乘勝追擊，警告他做僞證是犯法的！到時候被揭發了，將吃不完兜著走！我侃侃而談，從道德、法律、人情三方面展開勸說，結論是：

「老師知道你想爲朋友兩肋插刀，仿效古之俠者！但是是非不分地出來幫忙作僞證，不但是姑息養奸，也不是一位眞正的好朋友該做的事。……我再鄭重地問你一次：你眞的看到他繳卷了嗎？」

支支吾吾的，電話那頭囁嚅地說：

「我是看到他來考試，……可是，沒……沒看到他繳卷。」

我心裡暗暗鬆了一口氣！學生終究還是天眞無邪的，沒敢說謊到底、鑄成大錯。證人將電話交給那位嫌疑犯，嫌疑犯嘟嘟囔囔的，在電話那頭和證人抗議著。

我義正辭嚴地再問一次：

「沒來考試事小，就算考了試後，覺得成績不理想沒繳卷，都不算大事，最糟糕的是，被發現了，還不承認！殺人也不過頭點地，知錯能改，老師不會趕盡殺絕、不給你機會的，你好好想想！……我最後再問你一次：你眞的繳了考卷嗎？」

「如果教授說沒繳，那就沒繳吧！」

雖然覺得學生的態度不是太理想，但是，想來也是一時之間難以從容下臺階吧！學生嘛！只要肯承認錯誤，就不要逼他太甚了！我沾沾自喜處置得宜，總算沒讓失足學生一錯再錯。

第二天，來清掃的歐巴桑搬開厚重龐大的沙發，赫然清出一張考卷，我見了差點兒沒暈死過去，考卷上頭端端正正寫著那名嫌疑犯的名字！如果我尚且有些許道德勇氣，應該一頭撞死的。可我貪生怕死，沒那樣做。經過一夜輾轉無眠，次日，我黑著眼圈，拿著考卷，找來那位同學，跟他說：

「考卷終於找到了！爲什麼你昨天沒堅持到底？明明繳了卷，爲什麼最後還承認你沒繳？」

同學低著頭，無可奈何地說：

「那我能怎麼辦？我說我去考試了，你說沒有；我說我繳卷了，你說你沒看到卷子，而我那位同學又不顧道義，不肯還我清白。我能怎麼辦！只好……」

於是，我又花了好多時間跟他說明道德勇氣的重要，闡述「吾愛吾師，吾更愛眞理」的至理名言，強調卓爾不群、抗拒強權的修持是革命青年的必修，說著、說著，紅了眼眶：

「那現在怎麼辦？你陷老師於不義！害老師必須跟你道歉！……對不起啦！冤枉了你！老師也會犯錯的哪！你不要生氣好嗎？」

學生慌了手腳，急急說道：

「老師不要這樣！考卷找到就好了，我怎麼會生老師的氣！都是我不好，沒有堅持做對的事，對不起老師。」

「那我們算扯平了？」

我破涕爲笑，漫天烏雲化爲烏有。從那以後，我不但謹守考試點名的規範，而且養成每改完一次卷子必清掃沙發下的習慣。

像我這樣的老師，因爲很知道自己的弱點，所以，總是使盡了吃奶的力氣務求不二過，然而，人間的事實在太複雜，縱然從不二過，不斷翻新的失誤也絕對足夠讓生活多姿多彩、驚心動魄。譬如一些幾近靈異的事件，若非親身經歷，鐵定無法想像。一回，脫蓋又漏水的紅墨筆居然氾濫成災，將計分冊上所登錄的分數徹底淹沒了好幾個。幸賴學生誠實回報，否則還眞沒辦法收拾善後。在這之前，我完全不知道紅墨水的腐蝕性如此之強，在那之後，我終於找到除了王水之外的另類殺人滅跡滴劑。

一年前，因爲重新整修屋子，我們清掉了大批舊東西，衣服、書報、雜誌、書信……丟到眼睛泛紅、心裡發狠，只差沒腦袋抓狂。半夜醒來，不知怎地，忽然記起一包剛剛考完、尚未批閱的期中考卷。腦子一陣發暈，急忙起身尋找，越找越慌，急急將外子由夢中搖醒，一口咬定：

「一定是被你收拾進前一天綑紮丟掉的報紙堆中了！我就知道！這下子完蛋了。」

外子從睡夢中被吵醒，乍然聽到這樣的指控，也嚇得魂不附體。夜深人靜，我們發瘋似地打開所有的燈光，找遍了每一個角落，就差沒把地板掀開了。靈光一現，外子說：

「我昨晚丟舊書報雜誌時，正好遇到里長。他讓我放前門邊兒，不必送去資源回收車，就等他明日一併處理。也許他還沒扔掉！我下去看看。」

於是，夫妻二人像個夜賊，鬼鬼祟祟帶著手電筒下樓。書報雜誌竟然仍整整齊齊堆在那兒！我們欣喜若狂，顧不得形象，像覓食的狗兒一般，在門前行人道的廢物堆上翻來找去，然而，終究只是徒勞。像洩了氣的皮球，快快然上樓，我們像楚囚般對著嘆氣到黎明。而因為我先發制人，所以，外子便倒楣地成了低姿態的兇嫌，欲辯已忘言。

第二天，等不到天亮，二人分頭奔走：外子直奔工作室，我驅車前往研究室。翻箱倒櫃了半日，互通電話，咸感絕望。我愣坐研究室內，開始做最壞的打算。怎麼辦？承認錯誤，全班再考一次？雖然誠實的德行可以媲美砍伐櫻桃樹的華盛頓，但缺乏豐功偉績，只怕劣跡再添一樁，這樣的糊塗帳將會被歷屆學生傳頌千古、永世不得超生，嗯，不妥！要麼，乾脆耍個機心，佯裝氣惱全班都考得太差，老師再給一次重考機會！不好！做人豈可如此顛倒是非、厚顏無恥。那麼，假裝汽車遭竊，考卷隨之灰飛煙滅？咦？汽車？……我腦中閃過一個念頭，整個人像裝了彈簧般彈起來，飛快往停車場奔去。拉開行李箱，天可憐見！考卷正蜷曲著身子躲在那兒哪！原來，前一天為了幾位搭便車的乘客，我順手將放在座位上的考卷放進行李箱了。那天晚上，我輕手輕腳回到家，前所未有的腰軟嘴甜、斜肩諂媚，外子寒著臉哼哼冷笑，說：

「你不該姓廖，該姓賴！……哼！怎麼會有像你這樣的老師！」

——原載二〇〇四年二月十四日《聯合報．副刊》

像您這樣的教授！

總統選舉剛落幕。課堂上，沸沸揚揚，爲著兩顆意外的子彈，學生幾乎無心上課。有的甫自凱達格蘭大道上搖完大旗歸來；有的才在家裡和媽媽大吵一架；上課鐘聲響起之前，有人也許正和鄰座的同學進行著激烈的爭辯，忽然走進教室的我，即刻成爲雙方積極尋求認同的對象。

「我們不談選舉。」

唯恐引起不必要的麻煩，我立刻做如上聲明。

「老師！您不是常告訴我們，做人雖然不要預設立場，但不能沒有是非嗎？如果您覺得您做了正確的選擇，爲什麼不能告訴我們您的選擇。」

底下的學生騷動著、鼓譟著，起鬨要知道老師的抉擇。看來要全身而退並不容易，我被迫表態。原先保持沉默只是單純覺得沒有必要，並沒有故作姿態的意思。既然學生這般器重老師的選擇，我也不吝公諸於教室。哪裡知道，答案才一出口，立即引來全班一半左右學生的奇怪眼光。絕非我過敏，確實有一半的人很快改變坐

姿，露出驚訝、憤恨、悲憫的表情，看來頗痛惜老師的無知。我知道我的誠實已然變成天真，至少因之失去在座一半人口的尊敬。

果然！下課後，立即有位激情的學生從後門奔出，攔住我的腳步，氣急敗壞地指責我：

「我簡直不敢相信像您這樣的教授居然會去投那個濫黨！」

「像我這樣的教授？可不可以告訴我像我這樣的教授，到底意味著是怎樣的教授？」

她冷不防有此一問，愣了一下，隨即機警地回說：

「像您這樣開明、理性的教授呀！我們以前都很信任您的。」

「就因爲我投了跟你不一樣的政黨，你就不再信任我？我教的是文學，你信任的應該是我的專業素養。對政治，我毫無興趣也沒有特殊見解，我只是盡了一位國民應盡的義務，我既無意宣揚政治理念，也不想影響你們的信念，只是應你們的要求誠實道出事實，你就從此不再信任我？……那我是不是也可以依照這樣的邏輯推論，因爲你投了跟我不一樣的總統候選人，就抹煞你用功得來的成績，讓你分數不及格！」

她低下頭，沒說話，我悵悵然離開。怎麼一場簡單的選舉，竟搞到親人反目、師生對立，我的信用因之破產！我的信用破產並非因爲這位學生從此不再信任我，而是我居然教出這樣的學生，用如此簡單的二分法來判斷是非，我的教學鐵定出了問題。

更讓我感到耿耿於懷的是，在學生的心目中，我到底是一位怎樣的教授？一路上，我自問著。學生在回答前，愣了那麼一下，這一愣，頗啓人疑竇。在那麼一下子間，如果不是礙於情面，或是顧忌老師手上掌握著她的分數，她脫口而出的，還會是「開明、理性的教授」嗎？抑或是其他怎樣不堪的形容呢？我不禁憂心忡忡起來。

——原載二〇〇四年五月三日《中國時報・人間副刊》

向演講者致敬？

幾年前，我應邀到文學營授課。下課後，一位熱情的文藝少女攔住了我的去路，靦腆地邀請我在暑假過後去她們學校的文藝社團演講。我正猶豫著，她先就紅著臉搶先說：

「不過，我們社團能致送的演講費是非常微薄的，老師一定不肯去的。」

我看她長得可愛，又非常害羞，便存心跟她開個玩笑：

「非常微薄？到底是多微薄？」

她的頭幾乎是埋到胸前了，幾近自言自語地說：

「教授一定不會相信的，學校的社團很多，分配到的資源很少，我們社團的會員又少……」

她看起來窘得不得了，臉更紅了，很認真地解釋著微薄的原因，所有的話都在週邊打轉，始終沒針對問題回答。我微笑著打岔：

「那到底是多少？」

「五百元。」

她像是豁出去似的，忽然大聲地回答。然後，撇清關係般，話剛出口，便負氣地迅即轉頭看著遠方。我說：

「那不少了呀！什麼時間？」

她轉過臉來，驚訝地看著我。不可置信地問：

「眞的？老師眞的肯來？」

暑假過後，我依約前往。爲了配合微薄的演講費，我騎了部頗有些年份的老爺摩托車前去。那位可愛的女孩到校門口接待我時，又露出羞愧的表情，說：

「因爲是全校的課外活動時間，大夥兒都參加自己的社團活動，所以，很少人能來聽演講。」

在我表明了不在意後，女孩忽然很認眞的朝我說：

「教授不用擔心。我們已經想好了對策，我們在演講的教室門口放了一口箱子，聽完後，感到滿意的人，可以投錢進箱內，向老師表達敬意。」

我嚇了一大跳！期期以爲不可。這分明是挑戰我的演講魅力來了！可是，這回，女孩表現得非常堅定，她覺得過分微薄的演講費實在太對不起老師了，一定得做些補償措施。

演講完畢，學生遞過用信封袋封好的演講費，五百元外加臨時募來的。我騎上摩托車，感覺信封裡頭零錢叮叮噹噹作響。因爲不敢面對現實，我一直將信封擱在抽屜內，沒有勇氣打開。

幾日後，禁不住女兒的唆使，我終於將信封打開，數了一數。女兒著急地探問多少錢，我按捺住失落的情緒，故作輕鬆地說：

「很少啦！學生嘛！能帶多少錢？何況，她們社團的會員本來就沒幾個……那天，聽說另外有個大型活動在她們學校……」

我一直在週邊打轉。女兒不耐煩了！說：

「很少？很少到底是多少？」

我當場翻臉，很沒風度地遷怒道：

「七百七十七元啦！一直問、一直問！怎麼樣？現在你開心了吧！你媽媽的演講只值兩百七十七元啦！」

——原載二〇〇四年五月二十日《中國時報．人間副刊》

蟬鳴熾烈的午後

酷熱的午後，教室外，群蟬競鳴，熱鬧非凡；教室內，氣息微微，鴉雀無聲。韓愈〈原道〉的威力顯然不敵周公的魅力。我汗流浹背，卯足了勁兒、聲嘶力竭地拚鬥著，不時插科打諢，企圖和引誘學生的周公拔河。有幾位上進有為的青年，仍舊勉力地痛苦掙扎著，眼皮忽焉下垂，隨即又警醒地撐開，連我看了都覺不忍。靠近窗邊的男生索性趴在桌上，看來已經束手就擒了有好一會兒功夫，我估量著應該休息足夠了，便故意走到他的跟前，往桌面上一拍：

「驚堂木一拍！……哎呀！對不起！吵到你了，怎麼樣？」

被這一攪和，男生驚得睡意全消，以為我正問著什麼問題，立即站起身來。囁嚅地說：

「啊！什麼？……請老師再說一次題目。」

陷入輕度昏迷狀態中的同學紛紛醒轉了過來，哈哈大笑。哪有什麼題目！不過，既然送上門來，就讓他好好表現一下好了，我說：

「就請說一說你所認識的韓愈好了，說說看他是一個什麼樣的人？」

「韓愈……是個……好像是個很會帶兵打仗的將領。最後被猜忌他的君主給殺了。」

韓愈？很會帶兵打仗？同學都笑開了！我點名笑得最猖狂的學生問：

「哪裡不對？你說說看。」

「很會帶兵打仗的不是韓愈，是韓信，曾經布局背水陣，跟張耳攻打趙國，打得趙王歇如落花流水的。」

哇！不錯！還念過《史記・淮陰侯列傳》！正當在心裡嘉許著他的素養的當兒，他忽然又得意洋洋地補充了一句：

「可惜，後來被劉備的太太給設計殺掉了！」

這會兒，連深度昏迷中的同學都被笑聲吵醒了！我走到一位剛被驚醒的女生前面，請她起身評論一下。她被笑聲搞得有些錯亂，慌慌地說：

「韓信是被劉備的太太殺掉的嗎？……好像是被蕭何和劉邦的太太呂后合力設計殺掉的吧？劉邦才是跟關羽爭天下的那位吧！電影〈霸王別姬〉裡不就演的關羽打輸了，和張國榮飾演的虞姬道別的嘛！當初，劉邦和關羽……」

劉邦跟關羽爭天下？我氣極了！這樣胡搞瞎搞成什麼樣兒！有人受不了了，不待我點名，便自告奮勇站起來指正：

「劉邦不是跟關羽爭天下啦！是跟項羽啦！這是秦、漢之際的事，干關羽什麼事！三歲小孩都知道，關羽是三國時代跟劉備、岳飛桃園三結義的那位嘛，你搞錯時代了啦。」

教室裡的氣氛幾乎陷入瘋狂熱烈的境地，韓愈、韓信；劉備、劉邦；關羽、項羽；岳飛、張飛……同學們興致勃勃地相互糾正著、調笑著，岳飛打張飛，打得滿天飛！窗外的蟬鳴也越發熾烈了起來。

——原載二〇〇四年三月五日《中國時報．人間副刊》

翩飛的蝶

近年來，我有機會四處演講，和讀者、學生相互切磋，或談寫作，或論生活。每一回的邂逅，都充滿了驚喜。其實並非對寫作或生活有特殊的心得，急於和聽眾分享，實在是貪看人間風景，眷戀人間福緣。

一回，到東部的佛光道場，和當地的信眾聚談人際點滴。不知爲何，信口提起下一個星期又將再度造訪當地的高中，和學生一起探討散文創作的種種。天氣燥熱、飛機往返費時，後來回想，我說起此事的口氣可能透露出幾分的無奈。

第二個星期，我在高中演講，中場休息時間，我往教室外走去，忽見一位手裡提著大包小包的比丘尼含笑迎面而來。比丘尼十分眼熟，細看才認出是前一星期演講的佛光道場接待。大熱天，接近中午時分，身披袈裟的她，大汗淋漓卻滿面笑容，看到我出來，她高興地迎過來，熱情地說：

「我算準了老師下課休息時間，趕著送來冰鎮酸梅汁。天氣這樣熱，難爲您千里迢迢來到我們台東，開導我們的子弟。我說什麼都要來向您表達一下謝意。酸梅汁剛從冰箱內取出，我騎著腳踏車飛奔而來，應該還很清涼。您喝喝看，和外頭賣的不一樣，不添加防腐劑，是我們自己做的。」

她一邊說，一邊忙著從小袋內取出杯子，倒了杯瓶內的酸梅汁遞給我，熱切地看著我喝下去。我眞是既感謝又慚愧極了！慚愧自己無意中流露的無禮的抱怨，竟被寬厚地包容；感謝的當然是那樣周到的盛情。我不知道該如何適當地表達這雙重的感受，只有大口大口地喝下那杯酸梅汁，並誇張地讚美著酸梅汁的沁人心脾。比丘尼滿意地看著，並說：

「今年，台東的釋迦盛產，又大又甜，我特別挑了一籃，讓您帶回去和家人一起吃。生、熟都有，你們可以循序漸進地吃，不會一下子來不及吃，全熟爛了！」

我忙不迭地致謝。比丘尼將那籃釋迦遞過後，立刻合十爲禮，急急告退，她說：

「眞不好意思！我是抽空跑出來的，接近午餐時間，道場裡正忙著張羅午餐，我得趕緊回去幫忙。」

說完，她小跑步慌慌奔出教室。我追著也出到大樓廊簷下，看著因爲身著寬大袈裟而顯得行動不甚俐落的比丘尼，吃力地跨上一部老舊的腳踏車，衣袂飄飄、身影搖搖晃晃地往遠方馳去。

約莫十年後，我再度應邀到佛光和愛好寫作的朋友切磋寫作之道，這回，不是在台東，地點改在台北的松山道場。因爲課程安排在星期日的早晨，主事者唯恐夜貓子的作家平時習慣晏起，也許來不及喫早餐，特別體貼地在第一節下課的休息時間，提供中、西式早點。課程共計兩次，第一回，她們爲我準備了精心調製的花茶及看起來相當可口的起司蛋糕。我雖然平日沒有用早點的習慣，但有感於她們的盛情，雖然全無胃口，也勉力喝了些茶，蛋糕並沒享用。第二次去上課時，早餐有了變化，改成了咖啡一杯，有機苜宿芽捲兩條。一位年輕可愛的女子端來時，笑著朝我說：

「上回，蛋糕都沒吃，想來老師對甜食不感興趣。所以，這回特別爲您準備了鹹的苜宿芽捲，但願您會喜歡。」

我還來不及稱謝，女子又接著說：

「您上次上課時提到有喝咖啡的習慣，想來對咖啡的品味很高，我怕老師喝不慣三合一的咖啡，刻意從家裡扛來義大利咖啡機來沖煮，請老師嚐嚐看！味道還可以嗎？」

這下子，我幾乎要惶恐得撐不住了。我何德何能！居然接受這種近乎大師級的禮遇！其實，出門前，我已在家喝了一大杯咖啡，然而，面對盛情，我只能敬謹聽命，細細咀嚼蔬菜捲並冒著胃酸洶湧的危險，慷慨喝下那杯盛載無限深情的咖啡。

女子納悶著我居然不受起司蛋糕的誘惑，並羞赧地和我談起蛋糕對她的致命吸引力，接著還調侃自己略嫌豐腴的身材說：

「諾！這就是沒辦法抵擋甜點誘惑的後遺症囉！」

是一位極其甜蜜的女子，有著塗了蜜似的

唇，幾次對我的演講內容謬加讚許，而我，清晨即起，神魂尚未全然歸位，這樣的禮遇及謬賞對提振士氣是頗具效用的。

短暫的對談過後，女子禮數周到地告退，並留下一張致意的卡片。我抽出一看，是一張極爲雅致的金褐色素面卡片，只從內頁穿透出一隻翩翩的金黃蝴蝶。內頁寫著：

「給您一隻蝶，因爲您的故事，讓一個生命重新翩飛。

從剪斷臍帶的那刻就斷了母親的Z合十。」

我拿著卡片，半晌都回不過神來。這短短的幾句話裡，似乎潛藏著心酸的故事？可又是怎樣的一個故事呢？如果故事眞是一如所料的悲傷，裡頭的Z，又怎能保持她天使般的天眞甜美呢？

那年夏天，比丘尼騎車遠去時衣袂飄飄的背影，在我的記憶裡勾勒出一幅簡淨純美的人間風景；十年後，同樣的道場，俗家信眾又在這張淺淡得讓人神往的風景中，再度塗抹上一隻金黃的翩飛蝴蝶。我只是個凡夫俗子，卻在生命的途程裡，不斷看到彩色斑斕的不凡風景，寧非幸事！

——原載二〇〇四年二月二十五日《中央日報·副刊》

噩夢

據說學校西南角那棟大樓旁的幾株羊蹄甲被砍掉了，我不相信。

學生告訴我，那塊地現在蓋了一個停車棚，停了好多腳踏車。我搖了搖頭，笑了笑，繼續走路，不理他。

「不相信你去看看！」學生認真的說。

我睨了他一眼。胡說。

「眞的，我不騙你！」學生發急了。

一言不發，我甩了甩長髮，筆直的走向停車場，拒絕相信。

調整後視鏡時，發現鏡子裏竟然是一雙發紅的眼眼！怎麼？喉頭還酸酸的？

學校砍樹蓋車棚，天經地義，干我什麼事！只是，那麼美的景致就這麼一刀子砍了，唉！那樣好的歲月就這樣子過去了，不甘心哪！

每年似乎總有一段時間在那棟大樓上課，春夏之交吧！望著窗外一片粉紅色的花海，講著、講著……日子好像是一下子又回到古代，自己也彷彿變成了褒衣博帶的古人，正與杜甫共對曲江飲酒，高吟「桃花細逐楊花落，黃鳥時兼白鳥飛」。然而，教室裏有時正是秦晉殽之戰打得不可開交，有時又是孫子兵法「攻其無備，出其不意」的詭道當行。厭倦呀！怎麼老有打不完的仗？考場、情場、商場。何妨放下刀槍到這爛漫的花林裏暫避一下烽火的襲擊吧！

作文課時，學生埋著頭奮筆疾書，我喜歡走到教室外的長廊上，倚著欄干往外看。看著各色小鳥在粉紅叢中躍上跳下，自得其樂；看著花朵這樣肆無忌憚的在陽光下誇耀著它的美麗；看著輕柔的花瓣隨風飄飄然落下；看著泥地上相互繾綣的繽紛落英，不覺癡倒了。

如果偏巧是個新雨過後的日子，一首被遺忘了許久的歌便不期然的在心底悠然升起：

「疊疊青山涵碧，彎彎溪水流輕。雨餘芳草碧如茵，珠光點點明。婉轉流鶯語細，翩翩蝴蝶身輕，村前村後桃李，相對笑盈盈，盈盈。」

好像是小學時教的，時隔這麼久，驀然脫口唱出，居然毫無滯礙，一字不漏，連自己都不免訝異萬分。而更讓人吃驚的是，連小時候唱這首歌時的心境都明晰得一如昨日。二十多年了，心情幾經更迭，沒想到「粉紅翠綠、相對盈盈」給我的感覺仍舊如此深重綿長，眞是教人打從心眼兒裡歡喜起來。

有一回，大概是學期快結束了吧！一班學生帶了照相機來。上課時，偷偷對著講臺的方向瞄準，我佯裝不知，繼續在黑板前開講，打算讓他順利的拍下一幀談笑自若的授課「英姿」。但是，突然變得期期艾艾的口齒和驀然竄上雙頰的紅彩偷偷洩漏了秘密，學生都笑起來了。下課後，在教室裡和他們合照了幾張，有一位同學提議：

「老師不是很喜歡外面的羊蹄甲嗎？我們到走廊上，以花爲背景，和老師合照一張吧！」

學生隨聲附和，紛紛移步向外。我心裏一驚，急急搖手：

「不行！不行！今天不行！……」

同學們相視愕然。我自覺失態，慌亂之間，也找不到一個合理的解釋，一眼瞥見身上的衣服，連忙以衣服爲藉口搪塞：

「不行！今天我穿的衣服和花的顏色不配，照起來不好看。」

大約是這個理由太牽強，同學們都大笑起來。我聽到一個小小的聲音說：

「老師要跟花比比看誰美啦！」

學生們起鬨的把我團團圍住，打算強制執行。喧囂聲中，班代表一本正經的跟我說：

「老師，沒關係啦！看不出來的啦！這麼多人，距離又遠……」

我奮不顧身地殺出重圍，落荒而逃。不行！無論如何不行！我還沒做好心理準

備，和這片花林合影的盛會，我必得齋戒沐浴、敬謹以赴，才能充分表達我的敬重。

而今，眞正是後悔莫及了。羊蹄甲已在不防備中被砍伐，與那片花林的合影遂成一個永遠不圓的夢。下次再度登臨那棟大樓時，不知是何光景？放眼看去，是一列錯落的腳踏車？抑或只是一片水泥砌成的、光禿禿的白色棚頂？花事匆匆了，眞是教人情何以堪！

其實，學校是很美的。北門有一大片聽說是非常稀罕的黑松林。冬天的早晨，那一帶經常雲霧繚繞，迷迷濛濛，讓人幾疑置身仙境。西門進來，是兩列高聳的椰子樹。樹下怒開著一蓬蓬被剪成圓形的杜鵑花。左右兩道的分水嶺是一大排被修整得方方正正的茉莉花。再過去，依舊是松樹。一次，年輕的理學部主任還特意攔下我的車子，帶我去看松樹上像燈籠般的綠色松果。他說：

「保證你沒看過的。我想，你們學中文的人一定會喜歡的。」

我簡直是看呆了！訥訥的說不出話。豈只是喜歡而已，根本是欣喜若狂。後來，每次打從那兒經過，總看見樹底下許多仰望尋找的頭，更證明了豈只是學中文的人喜歡而已，人類愛美的天性，原是不分文史、理工的。

儘管學校裡觸目所及，都是這等好景致，但是，面對如此刻意修整的花草樹木，總不免幾分惆悵。我仍舊情有獨鍾的喜愛著那一角的粉紅嫩綠，大概因爲它是整齊劃一的校景裏唯一的浪漫吧！看多了抬頭挺胸的椰子樹、松柏和被拘執於固定方圓內竊竊開放的杜鵑、茉莉花，再回首這一大片氾濫的花海，心裏眞是充滿了無限的溫柔。

可是，才多久不見，居然被砍了？怎麼可能？不相信。其實，只要走幾步路，眞假立辨，爲什麼我舉步維艱，近「花」情怯？

悵然的發動引擎，車子徐徐開出了校門。右轉上路前，習慣性的看看左右有沒有來車。這一看，又是一大驚。怎麼整條路都不一樣了？光溜溜的，看起來怪怪的。趕緊把車子停靠路邊，下車仔細端詳。

大王椰子不見了！楊樹沒了！油加利樹也完了，路旁的樹木全被砍光了，只剩了一個個約一尺長的樹幹鬼頭鬼腦的在地面上張望著。我發急的沿著道路跑了起來，路旁的小草被驚得紛紛豎起了耳朵。跑著，跑著……，到路的一個拐彎處，緊張得幾乎停止了呼吸。完了！哪裏還有竹叢？我那魂牽夢縈的一大片翠竹，全垮著一張臉，倒在地上低低哀鳴。怎麼可以這樣！怎麼可以這樣！

羊蹄甲和竹叢，蓋車棚和馬路拓寬，成了近日來我的兩大交纏不清的噩夢。

——原載一九八六年三月二十二日《中華日報・副刊》

文學生命的流動

一位從事科技業的長輩，曾經用非常懷念的語氣跟我說：

「大學時，很幸運地遇到一位好的國文老師，因此培養了我一生愛好文學的樂趣，使我在繁忙、單調的工作過後，總能從文學閱讀裡得到極大的快慰。」

這番話，眞是讓身爲中文系教授的我聽了汗顏不已。我自己大學上國文課時，固然沒有遇到過這樣的好老師，我教的國文課裡的學生恐怕也不會跟人家說他們有過這麼好的運氣。但是，長輩的話，倒引起我「不宜妄自菲薄」的警惕，原來，大學國文課還可能有這麼不可小覷的影響力。

從小學到大學，我們的學生一直不停地上著「國文課」。小學和中學階段，因爲聯考掛帥，國文科可觀的分數比重使得學生對國文課未敢掉以輕心，到了大學，「國文」學分雖然仍屬規定的必修，但是失去了「定終身」的考試威脅，許多學生都不再拿「國文課」當一回事，上課的意願和熱情相對減損，蹺課和打瞌睡的現象變得普遍，這現象在理、工、醫學院裡尤其嚴重。

爲什麼我們得不停地修習國文課？換句話說，國文課到底肩負著什麼樣的教學目標？翻開各家所編國文課本前面的凡例，可眞是洋洋灑灑：「提升語文表達能力」、「啓發獨立思考」、「培養文學欣賞能力」、「增進對中華文化的欣賞」、「培養具開闊通識的眼光」、「奠定各科基本知能」……等等冠冕堂皇的理由不一而足，可是，如果我們問問大學生：「上了國文課以後，你的口語表達更周延了嗎？你的基本寫作能力進步了嗎？你的閱讀欣賞能力增進了嗎？遇到問題後，你比較會思考了嗎？你有多一些的創意嗎？你的資料蒐集與研究能力明顯改善了嗎？你更能夠體貼人情了嗎？」恐怕大部分的學生都會瞠目結舌，不知道這和他們正在上著或已經上過的國文課有什麼直接或間接的關聯。長久以來，大學國文課擔負著「不能忘本」的民族大義，在畢業學分裡穩當地盤據，但是，以目前台灣的大學國文課的施教情況來看，我要不諱言地說，這些所謂的教學目標恐怕多半只是徒托空言，多數的學生並沒有眞正從中受惠，眞是白白浪費了把它訂爲必修的美意。所以，要檢討大學國文的教學，恐怕得從教法、教材、師資結構及考試命題四方面著手。

首先談教學方法。任何的學習都是爲了讓生活更容易，而多方詮釋人生的能力，正是達到此目的的訣竅。只有培養出多角度詮釋人生的能力，才能從尋常小事件中思考出人生哲理，進而將思考所得應用在生活當中，這當然是文學教育的最高理想。文學反映人生，好的文學作品，多半有讓讀者多方解讀的可能，而千古流傳下來的好文章，必定在情感的眞誠、思考的多元與手法的巧妙上有其過人之處。美麗的手法提供閱讀者美感經驗；思考的多元提醒對所處世界的多角度關懷；而眞誠情感的體現，則是藉由作家的誠懇表白，來感動興發讀者，使他們能受到某種程度上的啓發，甚至在感動之餘，產生和以往不同的想法。

「國文」教育包括國語、文，我們的國文課一向不大注意學生的語言表達，只將教學集中在文章的順暢與否；我們的國文教師甚少和學生分享對文學作品的深刻領會，而多著力於介紹作家的生平背景；我們的國文課一向不注意文學的感動興發功能，只強調知性常識的強記；我們的國文課多半仍停留在飣餖字句的解說，幾乎完全漠視情意開發及創意的涵養。以此之故，學生只要仰賴一本翻譯並臨陣記誦作者生平，便能在考試中輕騎過關，除非遇到勤於點名的教授，否則他又何必浪費時間到課！國、高中的國文教學走了偏鋒，也許還可以歸咎被聯考試題牽著鼻子走，大學既已擺脫功利的聯考魔咒，卻仍舊不改陋習，就相當可惜了！

其次論教材。既然文學教育應從個人的情意共鳴爲起始點，才能收表情達意、欣賞陶冶，甚至潛移默化的具體功效。所以，內容的活潑生動或文質兼備，是重要的考量。無論思想或文學，不管現代或古典，選文非但應份量均衡，且需切近時代的需求，才容易引發學子閱讀的興趣。傳統的教材，大多充滿道德教訓意味，在現今開放社會，顯得相當不合時宜。良好的教本應該掌握時代的脈動，避免過度僵化的八股教條，以人格深處的潛移默化爲目標，呈現更大的人文關懷。而教師在選擇教本時，還需兼顧學生年齡層及是否貼近生活經驗。有些文學作品，因思想較爲深刻，或陳述的內容和年輕人的距離較遠，所以，體會上相形顯得困難。而許多古典文學，文字比較艱深，或思想上較顯消極，或非得有較高的文學素養才能充分體會其精髓的，可能在選擇時，都須再做評估，免得事倍功

半，或消磨了學習者的意願。當然，學生的文學程度，跟年齡高下並不一定成正比。所以，事先對學生文學程度做評估，是有其必要的。這並不是說，教學時就必須捨棄思想較具深度的文章，相反的，學習的目的是爲了提升思想的高度。然而，偶爾站到學生的高度上檢視學習成果，使學生的學習不至於因「仰之彌高」而乾脆放棄，是最起碼的認識。

另外，國文雖屬傳統人文範疇，但是，如果老師還能跟上時代脈動，善用前衛的輔助教材，讓傳統文本與前衛的數位密切結合，應可帶動活潑教學、平添閱讀樂趣。譬如，筆者就曾在選編當代文學選本《繁花盛景》（正中書局），以ＤＶＤ呈現對被選入的作者所作的深度訪談，請作者現身說法，或剖析創作當時的心路歷程，或提供第一手的解讀祕方，或呈現個人創作經驗，或殷殷給予喜愛創作的後起者打氣。在課堂上播映，就給學生耳目一新的感受。

最後談師資結構。國文的教學，應該是幫助學生將被感動興發的緣由找出，並交換不同的體悟，使未曾身歷的生命情境也能透過討論活躍起來，換句話說，就是讓作品的生命藉著閱讀時的感動、反省而流動起來，歸納導引的功夫，是讓前述的討論趨於熱烈的主因。歸納導引是一種文學聯想與深耕的動作，正是語文教育的重點。任何一種文學形式的創作，都必須具備聯想與闡釋的能力，所以，好的導引，不只是導引學習者發現作者寫作的奧秘，而且進一步在生活中履踐，在人生的行道上因爲這樣的學習而看到更多的風景。聯想是由彼及此，將相關或相反的材料與主題做適切的聯繫，以凸顯所要表達的意義。闡釋則是將既有材料做更進一步的解讀或詮釋。教師必須在教學前，先行豐富自體。平常養成閱讀的習慣，厚植功力；上課時，信手拈來，加以補充，才能成爲一位稱職的教師。目前，在大學裡任教國文課的，鮮少經驗豐富的教授，一般較爲資深或優秀的教授，總是視教「國文」爲畏途，「國文課」多半仰賴博士生或初任教職的新秀。其實，教授年紀輕絕不是壞事，他們也許熱情洋溢，但是，畢竟經驗不足，人生體會較淺，加上許多人都仍和博士論文纏鬥不休，難免影響教學品質。國文涵括面廣，若授課教師對文學有較深的造詣，能做深度的引導，學生當然會有較多的收穫。所以，良好的師資絕對是重點，而我們對於師資培訓與教學觀摩的輕忽，恐怕是國文教育難以起死回生的主因。

最後，命題方式及命題內容的改良也是當務之急。思考性、開放性題目的增加，當可帶動教學的活潑化。當單一答案不再成爲主流時，也許學生就得開始被迫將一向只用來記憶的腦袋重新啓動；當感性的體悟也併入評分的範疇時，也許人們才會因此主動開始思考如何相互對待的人生重要命題。學習是爲了讓生活更容易，不是製造夾纏不清的糾葛來困住生命。所以，檢討國文教育的同時，也該一併檢討考試的命題。記誦的功夫，對某些具備吟頌韻律的美文是有其必要性。除此之外，若能在題型上力求活潑，加強思辨過程，讓同學多多腦力激盪，或者更能培養他們的創發能力。

如果文學教育沒有教會學生領會文學之美，難怪學生離開學校後，便和書本絕緣；如果文學教育仍停留在灌輸、強記的階段，難怪學生會避之唯恐不及；如果學生一直沒學會從作品的賞鑑和意見交流中，誠實面對自己的情感，充分開發情意，培養對美善事物的感動，難怪一闔上書本，古聖先賢就被永遠關死在課本中，再好的人生哲理也只是枉然。

近日，教育部或者已感受到基礎教育問題叢生，釋出部份經費，鼓勵各大專院校針對「提升大專院校基礎教育」提出改進方案。國文部分，據我所知，有的學校正思考分組、分級教學的可能性；有的著力於大一國文和多媒體教學的結合；有的正致力於編輯豐富適用的教本；有的則思考如何綰合校園文學獎和大一國文作文……盼望這樣的努力能集思廣益，為死氣沉沉的大學國文教學引進源頭活水，讓國文教學的園地裡也能映照出美麗的天光雲影。

——原載二〇〇三年十一月九日《中國時報・人間副刊》

像這樣的學生

就像一般到校園去評審文學獎一樣，T大的E君以電話來邀約時，我查看了記事簿，確定時間許可後，便應允了。E君俐落地將評審方式及評審費說明過後，請求我再想法幫她邀約一位評審委員。於是，幾經折衝後，W、L與我三位評審大致底定。

一切程序，大體與其他校園文學獎評審無大差別。E君以極爲殷勤的電話和我們聯繫著，決審的前一日，還沒忘記做最後的提醒。決審那日，我依約前往，發現偌大的文學獎，竟然只有E一個人獨撐大局。她前前後後的忙碌著，一會兒在黑板上寫上文學獎徵文決審字樣；一會兒打電話催送蛋糕、點心；一會兒又安排茶水；不時還跑出大樓的門口迎接評審老師。等到所有老師到齊，初次入圍名單揭曉，她一邊發給老師評審單，一邊還負責將入圍篇名寫到黑板上，簡直忙得不可開交。高大的身影，前前後後轉動，特別讓人感受她處事的麻利。老師們都覺得訝異！類似的活動，在其他學校至少都應該動員十幾、二十個人來幫忙的，T大竟然只由E君一個人負責！E君的回答輕描淡寫：

「這星期正值期中考，同學們都準備考試去了，無法前來幫忙，我只好自己來囉。」

爲何選擇考試週來進行評審？雖然腦袋裡飛快閃過這樣的疑惑，但也沒細加追究。前來聆聽評審過程的學生只有少數幾人，所有評審教授也都理所當然認定是考試週的關係。雖則如此，基於職責，三位評審老師仍舊賣力演出，相互激烈辯詰、遊說，跟有著上千觀眾的陣仗毫無二致。一如以往的經驗，得獎名單終於在每位評審都不甚滿意卻也還可以接受的狀況下揭曉。滿頭大汗的評審被送出大樓前，E君跟我們致歉道：

「學校經費尚未核撥下來，等過幾天經費下來後，我會盡快郵寄給你們。」

我心裡其實有幾分疑惑，既然要用郵寄，何以並沒有要我們留下郵寄地址或摺號碼？不過，另外兩位老師顯然並無異辭，我一向相信自己並不比別人聰明，也就沒提出問題。不過三人走出大樓之際，都不敢相信號稱台灣第一學府的文學獎竟辦得如此草率！

在忙碌的工作席捲下，我完全淡忘了沒有拿到的評審費，直到再次遇見了我邀約來的L君評審，才又猛然想起，那時，距離評審日已約莫一個多月了。我覺得作爲一位介紹人，有義務將事情弄明白，不能讓朋友做白工還在其次，重要的是學生

不重然諾應該被詬病。我隨即聯絡同任評審的W教授。W教授出國在即，不慌不忙地說：

「不用擔心，我跟T大的教授都熟，若學生存心騙人，插翅難飛。此事等回國後，我再來處理。」

我等不及，即刻以電話聯繫。E君言辭閃爍，一再推託，接著，大哥大開始沒人接聽，終致乾脆停機。我鍥而不捨，電話直追至E君的租屋處，同居的女子說E已遷離，E像從人間蒸發一般地失去蹤跡。我本來以為E君只是犯了新興人類漫不經心的毛病，這時才驚覺事情並不單純。然而，我有恃無恐，除非她為了區區幾萬元的評審費退學，否則，不難掌握行蹤。

我一狀告到我所認識的T大學務長那兒，以為學務長應當可以幫忙想點兒法子。學務長似乎一些也不驚訝，對我的處境雖然深表同情，卻只輕描淡寫地說：

「現在的學生就是這樣，我也沒有辦法！這個文學獎屬於文學院辦的活動，你應該去找文學院院長處理。」

我驚訝得嘴巴都闔不攏了！早聽說T大學風開放，沒料到竟開放到這樣的程度！我以為這關係到學生的品行及學校的榮譽，應該是學務處的重點工作哪！顯然他們要應付的問題比這還要嚴重得多。我怏怏然放下電話，如果連學務長都不管，我很難想像文學院院長會有什麼行動。然而，一定不能就這樣善罷甘休！如果E君在此事上輕易得了甜頭，怎能指望她出社會後能安分守己、不貪不取！我決定自力救濟、自行緝兇。

我再次打電話去E君的原住處，跟她的室友套出E君的新電話，然後，以不同的電話撥去，E君不明究竟，接了電話後，有些吃驚，期期艾艾的，仍舊假裝經費尚未發下，我警告她：

「雖然，評審費不多，但我幫你找了L老師評審，最後變成烏龍一場，評審費憑空消失，叫我如何向L老師交代？何況，你年紀輕輕，怎能就為了這一點錢鋌而走

險！我如果就此不聞不問，不就枉費身爲人師了！如果你再不把應給的費用寄出，我是絕對不會原諒你，一定會追根究柢的，你千萬不要心存僥倖。」

E君吶吶地解釋著，卻說不出個所以然來。電話掛下前，我將我的地址及所知道的L的地址告訴她，並苦口婆心勸告她：

「你一定要記得把評審費寄出哦！不只是散文組的三位老師，如果還有其他組別，也請一起處理。你的人生還很長，千萬別因爲一時的貪心，迷失了方向。我一再的找你，並不只是爲了區區的評審費，我是不忍看見一位像你這麼優秀又能幹的人只因走錯了一步棋，而致全盤皆輸的局面。」

幾天之後，L和我都陸續接到了E君郵寄來的匯票，我以爲E君終究被我道德勸說成功了，總算及時回頭，我慶幸做了一件正確的事。

幾個月後，我遇到了同時評審的W教授，他竟然跟我恨聲說：

「沒料到我們這樣的教授竟然栽倒在一個小女生的手上！評審費竟然眞的要不到了！現在的學生眞是……」

我悵然若有所失！原來E君並不眞正悔悟，她只是害怕我的警告，爲了息事寧人而放棄L和我的這份評審費，我沒有膽量再去打聽小說、新詩組的評審老師是否也和W有著同樣的遭遇，我第一次深刻感受到台灣教育的危機。以E君這樣聰明伶俐、學業成績優秀的學生，在校園裡竟已腐化、墮落到如此的地步，我們的教育到底出了什麼問題？

又幾日之後，我心血來潮，進入T大的BBS站。赫然發現同學們在站上怒指主辦單位遲遲不發放獎金！原來不只評審費，竟連獎金一併侵吞了！E君堪稱膽大包天了！她一人獨攬所有工作，選擇考試當周評審，盡量減少參與者，以便上下其手，這樣的行爲豈只是臨時起意，根本就是預謀不軌、計畫周詳的犯案！想到這兒，靜坐電腦前的我，不禁倒抽了一口冷氣，越想越覺得無限悲哀。

——原載二〇〇四年七月二十九日《中央日報・副刊》

聞香下馬

開車經過重慶北路，遠遠看見一輛推車上，掛著這樣的招牌：

「聞香下馬」

一眼掃過，當它是賣香肉或是烤番薯的，不甚留意。車子疾行而過前，隱約又瞥見：

「香噴噴甘蔗汁」

我開始懷疑自己的眼睛。甘蔗汁？香噴噴？聞香下馬？有些納悶兒。因爲好奇，我不顧即將遲到的事實，掉轉車頭，經過好些個不准左轉的街口，才又繞回到原路上。沒錯！橫批是「聞香下馬」，直行是「香噴噴甘蔗汁」，還有一個年輕小夥子正認眞地在那兒當場搾甘蔗汁。

我坐在車裏，不由自主地笑了起來。甘蔗汁，誰沒喝過？這個小夥子未免誇張得離譜，甘蔗汁怎能香噴噴到讓大家「聞香下馬」的程度？我一邊開車，一邊笑著，在這樣緊張單調的日子裏，偶爾在人海裏撞見一、兩樁無傷大雅的、荒誕不經的事，也是挺教人開心的。

帶著猶未平息的笑意踏上講臺，我忍不住把剛才的事敘述一遍。學生們聽了，全都笑得前俯後仰的，我從他們彼此之間相互激盪因而持續甚久的笑聲裏，充分得到共鳴的快樂。

正當我要開始講授正課時，角落裏一位男同學一臉狐疑地舉手發言：

「老師！我不覺得這有什麼不對。也許老師您不太清楚，有一種烤甘蔗，的確是香噴噴

的，烤好的甘蔗壓出來的汁，也眞能教人聞香下馬……。」

剛才好不容易才停下來的笑聲，霎時又在教室裡喧騰起來。這回，我確信學生之所以發笑，一半是爲那位同學正經八百的態度，一半是突然省悟到老師的孤陋寡聞。我驚訝地問：

「烤甘蔗汁眞有那麼香？你確定？」

「當然！我家就是賣甘蔗汁的。」

這下子，笑聲更止不住了。在這個尊重專業的時代裏，我確信在對甘蔗汁的了解這件事上，我和家裏賣甘蔗的這位學生相比是絕對處於劣勢的。因此，學生們這回的笑，恐怕多半是向著我來的。我原是拿這件事來取笑的，最後，居然自己反成了被取笑的對象，短短五分鐘，這種情勢的逆轉，實是始料未及。然而，最耐人尋味的是，這群超然的依違於兩極之間的學生，他們的笑，又代表了什麼樣的意義？

——原載一九八六年八月二十九日《中華日報·副刊》

人情味兒

空盪盪的教授休息室，一個人也沒有，只有兩張窗帘在微風中輕輕擺動。一進門，我連忙取出剛從學校醫務室領來的眼藥水，仰著頭，兩眼各點一滴。果然如校醫所說，刺痛難當。不知是剛點進去的藥水或是眼淚，濟濟掉了一臉。我忍著痛，閉著眼摸索，從皮包裏找出衛生紙，在臉上抹著。

彷彿聽到細碎的腳步聲，我微微睜開眼，從雙手的指縫間，看見一位學生正悄然地在為我張羅下節課的茶水。倒完水，招呼都不打一聲，就躡手躡腳快步走出休息室。平常學生來倒茶水，都會和我聊上幾句的，當我省覺到我當時垂首擦眼的動作所可能傳達給他的某些誤會時，他已經一溜煙消失在我的視線範圍內。

鈴聲響，我一走進教室，就感覺到一股不尋常的氣氛，教室裏鴉雀無聲，整齊畫一的行禮問好聲取代了平日的人馬雜沓。我像平常般隨口問：

「怎麼樣？這個禮拜過得還好嗎？」

學生也不像以前一樣，七嘴八舌地抱怨一個星期來考試的頻仍或活動的無趣。

每個人都拘謹地坐著，淺淺地笑著。

上課秩序意外的好。平常喜歡交頭接耳的幾個學生，突然變得文靜起來；一些喜歡追根究柢、窮追不捨的學生也一反常態地沉默著，那些一向就是乖寶寶型的學生簡直做得毫無瑕疵，左手邊那位長年畫著小人兒的女生也破例地正襟危坐著。

怎麼啦？我突然想到剛才的情景——一位女老師，在隨風招展的窗帘邊兒，迎著滿室的靜寂，悄悄地抹著眼淚。這樣的畫面，的確頗有讓人馳騁想像的餘地。也許剛和師丈吵

了一架；也許家裏發生重大變故；也許在某些事上受了挫折……不管是什麼理由，老師已經流了淚了，再不能接受刺激。好動、不耐煩、畫小人兒等情緒和老師掉淚的事實相比，都變得微不足道。

想到這兒，我不覺啞然失笑。學生這般不自然的壓抑，我實在不太習慣。下課前五分鐘，我決定說個笑話來解開僵局：

「看起來你們的心情似乎都不太好，我說個笑話解解悶吧！……」

笑話還沒講到關鍵所在，學生已然開始發笑，很捧場的，可是，卻又完全沒針對要害。整個場面虛虛的、怪怪的，熱烈到不盡情理的程度。學生的笑明顯地帶著強烈的悲憫。大概每個人都覺得有義務對強顏歡笑前來授課的老師做某種程度的回報吧！

第二節下課鈴聲響起前，我自忖無權承受這些因誤會而得到的特殊待遇，於是，我技巧地、迂迴地談到眼睛保護的重要、長期以來罹患的慢性結膜炎和醫務室的眼藥水。學生群裏忽然隱隱浮動起來，所有人都似自長期桎梏中解放出來般。右手邊那位幫我倒水的同學被人從背後捶了一拳，有人開始交頭接耳；有人放肆地伸著懶腰；鈴聲響起，我在學生恍然大悟的表情裏走出，得了一個結論——中國人的確很有人情味兒。

——原載一九八六年八月二十九日《中華日報・副刊》

如果連您都不肯答應！

男子來邀約演講時，已經十分接近演講日了。儘管他口沫橫飛，而且說了許多讓人十分虛榮的話語，諸如：「眞的非常喜歡您的作品！」「聽說老師的演講叫好又叫座！」「大夥兒都非常期待您的到來。」之類的話，然而，因爲演講時間實在太接近、地點又實在太遙遠，我沒加考慮，立刻婉拒。他不死心，繼續曉以大義，說：

「參加這個這個文學營的，都是對文學創作有興趣的年輕人。您身爲文學教授，對培育文學人口應該當仁不讓，怎麼忍心讓他們失望？」

沒料到是這樣的責問，一時之間爲之語塞。不過，我還是忍不住抱怨，箭在弦上了，才用大帽子來扣人，這根本是不尊重演講者嘛！他聽我這麼一說，即刻反駁道：

「我才不是這麼不上道的人，我是很早就安排好了，誰知道×××臨時又反悔，我能怎麼辦？」

啊！原來我是候補！是因爲主角臨時落跑，才找我頂替！這下子，我的意願就

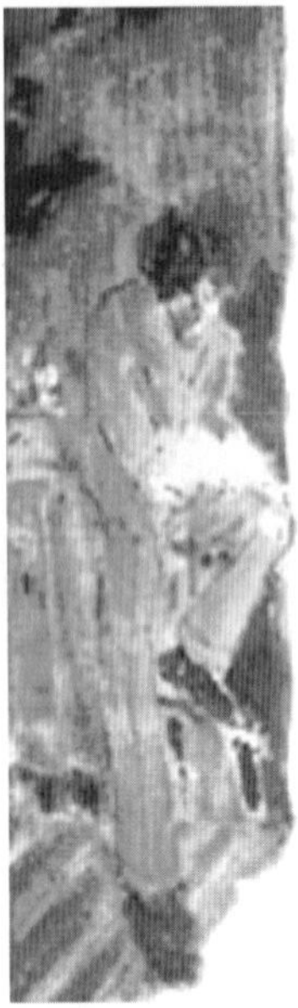

更低了。可我不好意思顯示自己心胸太狹窄，只支支吾吾地反覆說著：

「可是，眞的不行呀！演講地方太偏僻了！又沒有足夠的時間準備。」

男子眞是鍥而不捨，根本不聽我的，繼續糾纏不清。爲了斷了他的念頭，我好心的提醒他：

「我是一定不會去的！你與其浪費時間來遊說我，不如趕快放下電話，去另外找別的作家。」

「能找誰呢？您能推薦嗎？」

爲了及早脫身，我不顧道義地陸續提供了幾位文藝界朋友的名字，他都沮喪地回說早就找過他們了，他們都不肯答應。我越推薦越生氣，原來我不但不是備位的首選，我懷疑根本連十名內都排不上。他是在很多地方受挫，不得已才來找我的！更讓人氣憤的是，接著他竟然說：

「如果連您都不肯答應，那我怎麼辦？」

這是什麼話！「如果連您都不肯答應」是什麼意思？我就是個這麼不入流的作家嗎？我不肯顯示自己的小器，但是，其實心裡很受傷。我直截了當跟他說：

「對不起！這不干我的事，你必須自己想法子解決，我要掛電話了。」

男人或許聽出了我語氣中的不快，立刻道歉，並說明是因爲焦慮找不到演講人以致口不擇言。更讓人驚訝的是他接下來說的話：

「今天，如果您不答應，我是不會掛電話的，我已經走投無路了，眞的。」

我不理他！逕自將話筒掛上。碰上這種發瘋的男人，我氣得想撞牆。

過了約莫十分鐘左右，女兒拿起電話撥號，赫然發現男人還在電話裡等待，看來他是玩眞的囉！女兒再次掛電話，五分鐘之後，男人依舊等在電話裡，如此者好幾回合，女兒急著打電話，氣得在電話裡罵他！

這是十餘年前的事，當時因爲家裡沒有其他電話或大哥大，著急對外聯絡的女兒只好反過來遊說我投降。

男子贏了！最後。

——原載二〇〇四年九月八日《聯合報・副刊》

遲繳之必要

每回新學期開始，不管是哪一門課，我總是在講解完授課大綱後，不忘斬釘截鐵的先行告誡學生：

「……該繳的報告或作業，一定請按時繳來，如果不按規定辦理，恕我絕不寬貸，絕不要指望老師有婦人之仁！」

在講到「絕」字時還特別咬牙切齒，以示決心。不但如此，在截止收件前數星期，爲防止現在的學生外務太多，貴人忘事，更以倒數計秒方式，一再提醒。奇怪的是，儘管如此再三耳提面命，仍有一些敢死隊，甘冒大不韙，一直到結算成績時，才姍姍其來遲。

據我教書多年之經驗，這些遲繳者所持的理由，不外祖父母過世、母親生病、自己玉體違和、一時疏忽、郵寄遺失、車禍受傷……等。祖父母過世，其情可憫；母親生病，侍奉湯藥，何忍過分苛責？玉體違和乃屬天然災害，無法預防；郵寄遺失，只能怪郵政服務太差，干卿何事？而一時疏忽乃人之常情，誰又敢保證自己一生不犯一兩回？車禍受傷者手腳俱爲石膏層層包裹，再加指責，未免不近情理。總之，言者諄諄，聽者藐藐，每到學期末，總是氣得七竅生煙。

一般遲繳學生，多半會主動事先說明，最讓人生氣的是那些胸有成竹、處變不驚的事後備詢的學生。一回，報告整理完畢，赫然發現一名學生缺繳，我趕緊召來相詢，誰知他一口咬定已經繳過，言下之意，強烈暗示是老師遺失，完全與他無干。那時，我剛執教鞭不久，一聽之下，冷汗涔涔下。回家上窮碧落下黃泉地搜索，俱無著落，驚慌莫名。一日，與教授該班其他課程的某老師談及，才發現該生在他的課堂上，也是同樣說辭。如此兩相對照，眞相方才大白。其後，爲防堵此一事件重演，我便要求學生自行複印一份留存，以備不時之需。

還有一些比較特殊的案例。一位考試成績相當優異的學生，多次缺繳作文，經我在班上一再催繳無效後，我把他私下找來了解一番。他悶不吭聲許久後，說：「我眞……眞不知怎麼說才好……」

「有什麼困難嗎？」

「我就是寫不出來。我不能違背我的良知，做一些與原則不符的事！」

我被這番義正辭嚴的話嚇了一跳，只不過繳幾篇作文罷了，又不叫他去偷、去搶，怎麼就違背了良知了？他大概看我吃驚，連忙解說：

「老師，其實我小時候的作文是很好的，常常被老師拿出來朗誦給同學聽。可是，這幾年的教育下來，我越來越覺得有口難言。要我寫得跟大家一樣，我不屑；寫得跟別人不同，又會被視爲異端，以爲我故意標新立異。所以，只好保持沉默。」

「但是，不行呀！國文課就得寫作文，你不寫不行啊！只要你言之成理，老師並不是古板頑固的人，怕什麼驚世駭俗，儘管放心寫好了。」

他低頭沉吟許久，又開始挑剔作文題目不好發揮，我耐心的告訴他，題目其實不是問題，平凡的題目也可以寫出眞性情的文字。他跟我舌辯很久。我忽然想到，也許應該讓他盡情發揮，誰知道呢？也許一顆文壇彗星正在眼前哪！於是，我拍拍他的肩膀，輕鬆地說：

「好啦！如果你眞的有很好的構想，那就不必一定按照老師擬訂的題目也沒關係，自由發揮好了。」

我自認已到了委曲求全的最大極限了，他居然仍很爲難的說：

「讓我再考慮考慮吧！」

憑良心說，我有些生氣。但是，看他滿臉正氣的樣子，我倒還眞想見識、見識他與眾不同的見解。可惜的是，這樣的好奇心，到底還是無法滿足，到了最後通牒的那天，他跑來一本正經地對我說：

「這個時代其實有什麼可寫的呢？寫出來充其量不過一堆垃圾罷了。所以，我想了想，還是算了！」

「算了！算了是什麼意思？你打算怎麼辦？沒繳作文就沒有平時分數哦！」

他低頭，無限苦惱地說：

「我也不知道怎麼辦？」

奇怪的是，這時候我倒又不生氣了，我心平氣和地反問他：

「那這樣好了，你告訴我！我該怎麼辦好了。」

他囁嚅了半天，還算公道，他說：

「謝謝老師一再給我機會，就請老師按照規定處理好了。」

第二學期開學，這位學生不見了。我不知道，他到哪裡去了。我心裏眞有些難過，我相信他是眞能寫的，然而，他爲什麼如此憤世嫉俗呢？他又能到哪裏去呢？一個不用寫作文的地方嗎？

還有這樣的案例。上戲劇課的班上，到即將截止期限的前一個星期，下了課，我匆匆走下講台，兩位女學生追了出來，其中一位說：

「老師，我恐怕沒辦法在下星期您預訂的時間繳出報告了。」

「什麼理由呢？」

那位女孩子低著頭沒說話，陪她來的人熱心地爲她解釋：

「老師，她求好心切啦！她就是這個樣子，也不只這門課遲繳，幾乎所有要繳報告的都遲繳。老師，我可以證明她絕對不是偷懶，她是我們班上最認眞的同學喔！」

「爲什麼不早些動手呢？」

「其實我很早就開始準備了，每天看電影，看得眼睛都花了，就是拿不定主意寫哪一部電影的影評。前些天我去看了『遠離非洲』，覺得很好，我其實已經寫得差不多了，不過，有些鏡頭記得不太清楚，可能還得再去看幾回，我怕來不及。」

旁邊的女子著急地替她說話：

「每回繳報告，她都改了又改，修了又修！」

碰到這些遲繳的學生，有時眞覺得疲倦。我耐下性子開始跟她解說，態度認眞是很好的，但人也應該重然諾，「人無信不立」等道理。說著、說著，我甚至忘記自己應該諄諄善誘的老師身分，心虛地試探道：

「現在既然期限已經到了，你難道不能不要自我要求那麼嚴格嗎？」

她固執地堅守她既訂的原則，堅決地說：

「不行，我不願意打馬虎眼兒，這是自欺欺人的行爲。」

這番話說得我眞慚愧欲死。期限後的一星期，我從郵差手上接過她寄來的報告，洋洋灑灑寫了二十多張稿紙，內容充實，見解精闢，許多爲人忽略的小節都照應到了。報告內附了張便條，說明她爲了寫這份報告，如何上圖書館找資料，家裡沒有錄放影機，如何到電影院看了十五場同樣的電影，如何在黑漆漆的電影院裏記筆記，以至字跡重疊得無法辨認。

我手拿這份報告，頭痛欲裂，不知如何計分。依照慣例，只要遲繳，因言明在先，最多只給六十分及格，然而，這樣的心血，我又怎能漠視呢？

今年的戲劇課班上，以繳創作劇本爲期末成績。我三令五申必須在學期結束前四個星期繳來，以便在期末前批改計分後發還。結果到最後一星期，報告悉數發還學生後，仍有一位女生未繳。在課堂上，我朝著她的方向說：

「怎麼？今天該繳了吧！再不繳，我今天就把成績送出去了。」

女生埋著頭，沒說話。下課後，她到講台邊兒，紅著臉，很小聲地對我說：

「老師，對不起！都是我不好。老師就把成績單送出去好了。」

我這人就聽不得好話，一方面也疼惜她平常討論的時候，也常有不錯的見解。於是，歎了口氣，說：

「你說吧！什麼原因？」

她把頭抬起來，眼眶紅紅的，隱隱的有淚光。她把手摀住鼻子，幽幽地說：

「都是我不好啦，求好心切。本來已經寫得差不多了，想想，又加了一場夢境進去，結果變得比較複雜，好像收不回來了……」

說著、說著，聲音哽咽起來，我想，我又完了。果然，我聽到自己說：

「再給你幾天時間，可以嗎？」

女生又低下頭，不勝哀怨地說：

「老師還是繳出去好了，不好意思耽誤老師的時間。何況接下去是期末考，我忙著準備考試，恐怕也沒時間寫，謝謝老師的好意。」

我大概是鬼迷心竅了，我聽到自己長長歎了口氣，豪放地說：

「好吧！期末考考完，還需要多少時間？」

女生抬起頭，驚喜地說：

「眞的嗎？謝謝老師。只要三天就好了。我廿八日寄出，三十日老師就可以收到。」

「好！就三十日，三十日一過，我馬上寄出成績單。」

廿九日晚上，電話鈴聲響起。我拿起話筒，那位女同學用細細的聲音說：

「實在很對不起老師，我還是沒有寫完。我寫的是人和天的衝突，寫著、寫著，全走了樣，沒辦法收尾。」

我冷靜地回答：

「是的，這下子你可明白，人不一定能勝天了吧！人必須量力而爲，不做超越自己能力太多的事。現在，我不能再等你了。」

「我知道。我只覺得很對不起您，應該跟您打個電話說明。我會在寒假裏繼續把它寫完。老師，您相信我，寒假過後，不管如何，我還是會把劇本奉上。」

「我相信你，希望你記取這次的經驗。怎麼樣，除了這科之外，其他課程還順利

嗎？」

「這學期眞糟糕，好像什麼事都做不好，生活裏也沒有一件順遂的事……」

電話裏隱約傳來啜泣的聲音，我著急地開始反過來安慰她，絮絮叨叨講了一會兒，電話突然斷了，大概零錢沒了。掛了電話，我心亂如麻，不知道她發生了什麼事，後悔電話中沒有給她足夠的慰藉，萬一……，我繞室徬徨，束手無策。然而，到底是誰錯了，我似乎有些搞不清楚了。

詩人瘂弦說，溫柔之必要，肯定之必要，一點點酒和木樨花之必要……懶洋洋之必要，教了幾年書下來，深深體悟到，詩人顯然少寫了一句——遲繳之必要。

——原載一九八八年二月二十四～二十五日《聯合報·副刊》

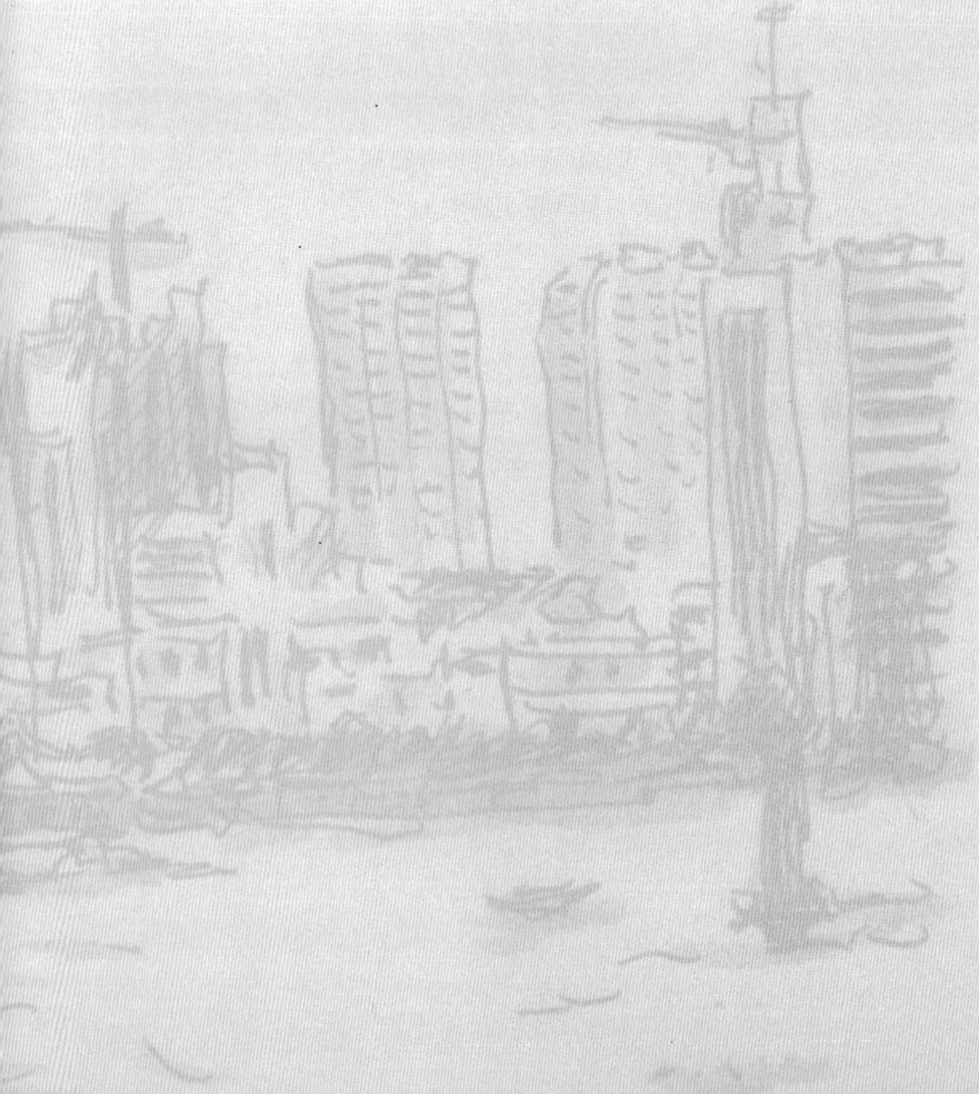

卷三

像我這樣的學生

大一暑假，我們頂著各自的傷感與寂寞，
分別由木柵、泰山及外雙溪歸來，
相約在考上靜宜的譚家相聚。……
坐在木板玄關中，人手一枝張騎著單車
飛馳攜來的糖廠福利社冰棒。
一邊卻強烈思想起彼此共有的那段強說愁的歲月，
像白頭宮女般，爭著回憶天寶遺事。

任憑你八方風雨

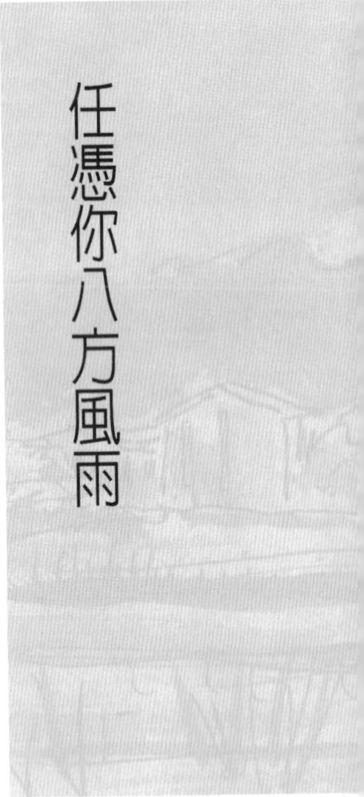

十七歲那年，帶著不爲人知的悄悄盼望，我負笈北上。

十七歲，有許多自以爲是的想法，也有許多不切實際的主張。我的悄悄的盼望寄託在張曉風老師身上。當時，張老師剛出版了兩本膾炙人口的散文集《地毯的那一端》、《給你，瑩瑩》，堪稱婉轉多情，一時擄獲了許多年輕讀者的心。我就是抱持著面見偶像的心情從中部迢迢奔赴台北外雙溪的東吳大學就讀的。

一、二年級，沒有張老師的課。偶爾，在東吳校園裡看到她低著頭走路，我總詭異地躲到暗處，心裡怦怦跳，像是看到心儀的男子般。約莫一年多後的一個春日，我和另外兩位女同學在操場閒逛，見到張老師帶著稚齡的孩子坐在一隅，素色上衣、碎點圓裙，在藍天襯映下，顯得格外美麗。人多勢眾，膽子也壯起來，我們決定相偕去和偶像聊聊。當我們靠近時，老師正指著天空對孩子說：

「詩詩，你們看！那是白雲……那是山……。說：白雲、山……」

風吹著，雲飄著，遠方是翠綠的山巒。孩子學樣說著「白雲」、「山」。我們簡直陶醉了！這樣的詩情畫意正符合我們對作家的遐想，十分不食人間煙火的。我們趨前問候：

「張老師好！……帶孩子來看雲啊？」

張老師模糊地應答著，隨即起身拍掉裙上的沾草，低下頭朝小孩說：

「詩詩，我們走！」

接著，拉著孩子，慌慌離開。我永遠忘不了當時的錯愕，三個人目送老師離去的背影，險險落下淚來。就這樣，自一場自編自導的繁華夢裡陡然醒轉，從那時起，我再也沒有了偶像。

大三，選修老師的小說課。老師在課堂上講述著五四時期的小說，介紹我們看張愛玲的《秧歌》，輕聲細語地，像是說給自己聽。我雖然挺直了腰桿，坐在前排中間位置，面露微笑，努力回應著老師的言語，其實，心裡有怨。好像被心愛的男人無端背叛了，卻還得和男人勉強保持著難堪的友誼。否則能怎麼辦？雖然已經不再是我的偶像了，卻仍舊是我的老師吶！我一邊努力追隨著老師的教導、像海綿般大量汲取著文學的養分，一邊哀哀惻惻怨嘆著老師的殘酷無情。

研究所畢業多年後，我到大學裡教書，接著也開始寫作，幾乎是步著老師的後塵，走著跟老師一樣的道路。雖然一路走來歪歪倒倒，談不上成績，無法跟老師相提並論，但好歹也教出了幾千位的學生，更蒙讀者不棄，出版了二十餘本的書籍。

學生或讀者在校園裡或演講場合中攔路傾訴之事也經常發生，我慢慢理解了老師當年的心情。「作家到底該如何拿捏和讀者的關係？」「老師究竟該和學生保持何種的距離？」我開始被這兩個命題困住了。因爲不忍拒絕，精確些，或者該說是貪戀人生的情緣，我往往陷入兩難的泥沼，不得脫身。有些學生打電話直至夜半仍不放下；有些讀者用E－Mail一口氣提問十幾個人生的大哉問，我終於了然張老師當年的決絕，嚴格說來，其實是一種更有擔當的態度。作家毋須爲符合讀者各式繽紛的期待而擔負不屬於她的責任，她唯一的任務就是坐在書房裡寫出優秀的作品來報答讀者的厚愛；當老師的，除了傳道、授業、解惑之外，也該保留一些個人的時間與空間，做研究、處理家事，不必爲學生奉獻所有的時間與精力。

這樣的想法，在看完馬西莫・特羅西導演的《郵差》後，得到更具體的印證。劇中的郵差馬里奧，在詩人聶魯達流放義大利時，曾充任他的專屬郵差，並向聶魯達請益作詩之道，兩人因之培養出很溫暖的友誼。其後，聶魯達回去智利，備受媒體青睞，在公開談及流放小島的諸多美麗回憶時，竟無隻字片語論及昔日友朋！如此行徑，讓郵差的家人視之爲薄情寡義。看到此處，我恍然了悟：重要作家之所以能寫出頂尖作品，原來得不輕易爲俗世情緣所羈！然而，雖已徹悟緣由，想要拿捏分寸、起而效尤卻又相當不易。直至今日，我猶然在其間載沉載浮。不過，因爲這樣的親身經歷，幾十年來對老師的怨恨遂逐漸淡去，甚至開始佩服起老師的冷峻、果決來，正所謂「雖不能至，然心嚮往之」。雖則如此，對老師依舊敬畏有加，不敢造次。文學的聚會裡，偶爾與老師同行，總刻意保持距離，難得相親。

其後，我和聯合報副刊主任陳義芝一起幫忙老師編輯九歌版《現代中華文學大系．散文卷》，每次開會，都到外子的工作室。外子體貼地準備糕點、咖啡待客，老師總是對著點心露出難得一見的猶豫，似乎內心交戰好幾回，就是拿不定主意。然後，壯士斷腕似地說：

「那我喫半個慕斯好了！我眞不應該再喫甜點的。」

那是我第一次跟老師有較密切的接觸，也是首次看到老師家常的一面，似乎挺掙扎的。

前年，我們一起應邀去金門參觀。路過

小市場，老師眼睛晶亮，買了豆腐乳之類瓶瓶罐罐外加木耳、金針、菊花茶……，幾乎重得都提不動了，還貪心地四下張望著。我自遊覽車的窗口看出去，驀然覺得好不親切，高高在上的偶像，終於從雲端盈盈下凡。我十七歲時認定的不食人間煙火的作家曉風女士，我三十多歲時因爲理解而敬畏著的張教授曉風，統統在金門小鎮的菜市場裡回歸成一位「大食人間煙火」的女子，原來她和我一樣，爲人妻，爲人母，也得虎虎地爲柴米油鹽四下張羅！我呵呵笑著，我喜歡這樣的老師，讓人覺得安心多了。

接下來，我們又同時應邀去永和宗教博物館參觀江西師傅現場泥塑菩薩。相較於我的走馬看花，張老師就像個求知慾很強的孩子，不時追根究柢地發問，聲音一貫的輕柔。參觀過後，外子和我邀她搭我們的便車回去，她說想繞道永和當地的一條韓國街去買點兒東西，婉辭我們的好意。我一時興起，便徵得她的同意，與她同行。外子將車停駐韓國街的路邊，老師與我下車逛逛，我們像結伴逃家的女子，在異域的街市，挑揀著各式唇膏盒、試披彩色斑爛的圍巾，比劃著裙子的長短寬窄……，我胡亂幫老師狠心殺價，因爲外子在車上等候，二人急慌慌的，買起東西顯得特別明快、有效率，沒一會兒功夫，便大有斬獲。我幫老師提著戰利品，二人火速回到車上，外子因之對女人的決斷力及辦事效率刮目相看。我由前座的後照鏡裡看著坐在後座的她，不由咧著嘴笑，心裡暖和和的，現在，我是曾經和她並肩作戰過的學生！

前些日子，當年在東吳同任助教的學姊自倫敦歸來，我請張老師一起餐敘，在小餐館裡一邊吃飯、一邊敘舊。老師提著大包、小包與會，像變魔術一般，從袋內取出書本、咖啡、可口的花生。老師將新出版的散文集贈予學姊，將咖啡及裝在透明糖罐內的花生挪到我面前，說：

「我知道你喝咖啡，咖啡送你。但是，不知道你喜不喜歡花生？如果喜歡，你就帶回去；如果不喜歡，我就帶回去。」

我一時語塞，不知道怎樣回答才算合乎禮貌。說喜歡，擺明讓老師送我，看起來貪婪；說不喜歡嘛，是違心之論。腦袋飛快一轉，決定讓老師輕鬆些回家，否則，她不是還得提著偌大的罐子回家？豈知我才說出「喜歡」二字，老師就急急補上一句：

「糖罐子你得還我，我還有用處。你跟店家要一只紙袋子裝吧！」

學姊和我笑得差點兒岔了氣！這個算術不難，老師何需如此大費周章，一個糖罐子提過來、端過去的，乾脆用紙袋裝了花生來不是更簡單麼？然而，繼之一想，也許老師是怕花生在行路的頃刻間潮了；也或許因爲老師一向重視環保，怕我沒能嚴格執行垃圾分類，只好自行提回處理。這一想，我趕緊警醒地收拾起放肆的笑聲。

學姊說：

「老師！您比以前親切多了，我們以前都挺怕您的！」

氣氛太好，情緒高亢，我忽然又膽大起來，忍不住提起當年在操場受挫的往事。我說：

「如今，我才慢慢理解一位作家要滿足讀者的需求有多不切實際！作家只要寫好作品來報答……」

我將多年來的心情轉折悉數傾倒出來，並自以爲是地爲老師當年的決絕詮釋理由。老師低頭不語，我著實嚇了一跳，以爲冒犯了她，豈知老師竟抬起頭幽幽回說：「事情，是完全不記得有那回事了，可是呢，那時年輕，剛剛當上老師，看到學生來，心裡也怪害怕、怪害羞的，恐怕是不知道該說什麼好才走開的。」

這樣的回答眞是大大出乎我意料之外！幾年來，我曾就此事做過千般設想，就從沒想過原來是這等心情！若非今日斗膽提出，老師不就這麼被冤屈一世麼！我自己當老師從來糊塗，一向和學生胡調廝混，從未有過類似張老師說的緊張不安的感受，自然也就無能設身處地。

從那年自認繁華夢醒之後，忽忽三十餘年過去，我一路迤邐蜿蜒地尋索，愛、恨、敬、畏糾葛，無論內心裡經歷多少熱鬧翻滾、纏綿悱惻，而張老師只做她自己，一逕端凝自在，任憑你八方風雨。我這才弄明白了世上境況千種、情緒萬端，自行率爾定奪將會是何等的危險！

——原載二〇〇四年六月號《香港文學》

護岸小桃紅滿樹

十八歲那年，我懷抱著對文學的浪漫憧憬，負笈北上。東吳大學位居外雙溪，鎮日溪水潺潺。我們就在楊梅及桑樹掩映的教室裡，開始了中文系的養成教育。一年級的課程排出來了，《國父思想》、《國文》、《英文》、《中國通史》、《普通心理學》、《英語練習》、《軍訓》、《體育》，和高中的課程變化不多，屬於中文系專業科目的《文字學》和《國學導論》，又十分單調無趣，一心成爲文藝少女的我，簡直感到失望透頂。

好不容易盼到二年級，系裡開出來的課程幾乎又讓我差點兒暈死過去。承繼《國文》課的〈歷代文選及習作〉猶在古文八大家的漩渦裡打轉；《英文》依舊不生不死地載浮載沉；《史記》、《孟子》、《韓非》在書本中滔滔雄辯；《理則學》的「白馬非馬」理論搞得我們頭昏腦脹；《聲韻學》的古今、南北、開合、四聲、陰陽簡直讓人抓狂；只有《中國文學史》及《歷代詩選及習作》稍稍激起學習的熱情，尤其是對寫詩的風雅有著特殊的期待，我認定那是中文系登堂入室的第一階。

第一天上課，戴著深度近視眼鏡的系主任申丙（鳳蓀）教授進門，我們都有些失望，他濃濁的鄉音對我們而言，是一大挑戰。第一天上課，什麼也沒教，老師只在黑板上寫著：

「唐詩三百首詳析　中華書局」

然後，便轉身告訴我們：

「這是這學期詩選的教本，想辦法買了看看。下星期上課時，先繳一首自己寫的詩出來。」

全班同學爲之譁然！根本什麼都還沒教，怎麼就要我們寫詩！詩該怎麼寫？格律如何？該如何押韻？同學們交頭接耳，又好氣又好笑。一位大膽的男同學首先發難：

「我們不會寫啦！您又還沒教。」

老師不慌不忙，回說：

「怎麼寫？去看書。書裡面有聲調說明，書後頭附有詩韻。」

說完，不管我們的哀嚎，逕自宣布下課。

那一週，班代以超級快速的行動將教本購得，翻開課本，全班同學頓時陷入愁雲慘霧之中。因爲，裡頭的唐詩三百首倒是不難看懂，但分門別類的「七古」、「五古」、「七律」、「五律」、「七絕」、「五絕」雖然各有簡淨的聲調說明，卻是越看越糊塗。每個字都看懂了，拼裝起來卻足夠讓腦筋打結。譬如：

「右詩共十六句，無一複調，凡古今體平仄韻正拗各格起承黏對之法，轉換變化之妙，俱盡於此。……此詩包括諸體法度無遺，實爲諸圖所自出。」

什麼是「複調」？甚麼是「古今體」、「平仄韻」？「正拗各格」又指什麼？「起承黏對之法」、「諸體法度」又是什麼？還沒接觸聲韻學的我們，對聲律堪稱毫無概念，居然就叫我們開始寫詩。依我們一向對學校教育的制式觀念，老師起碼得先說明平仄、押韻等的規則，然後，我們才依樣畫葫蘆。然而，申老師不來這一套。一開始的驚訝逐漸醞釀成憤怒，接續憤怒而來的是荒謬的感受。那幾日，住在宿舍的同學，開玩笑般地惡整，見了面便以詩相調侃。用功一些的學生，會在談話中途，忽然陷入恍惚狀態，然後，掏出筆來，記下瞬間的靈感。然而，同學們都沒把握，不相信自己愁眉苦臉、胡搞瞎搞出來的東西可以稱之爲詩。現代的情感寫進古典的格式中，怎麼看，都不順眼。

第二星期的上課日，老師一踏進教室，即刻向我們索詩。同學們害羞地相互陷害、推推拉拉地，好歹也繳出了一疊的詩。老教授的眼睛，不知是近視抑或老花，總之，不甚靈光，小一點的字跡幾乎完全無法辨識。他徵求寫板書的高手將紙條上的詩寫到黑板上，他要當場改詩。同學們推舉坐在教室正前方的我擔當重任。就這樣，我和老教授，一前一後，背對同學，一寫一改，度過了往後的一整個學年的詩選課。那年，申教授約莫接近七十歲吧，如今想來，形貌卻又似乎較七十老一些，或者是眼睛不大管用之故，行動顯得遲緩，改詩之時，他的臉幾乎是整個貼在黑板上的，用鼻子聞似的，一行一行的修改，偶爾應作者之請，回過身子解說更改的原因。大部分的時間，他只以背影示人，用黑板上密密麻麻的修改文字教導我們寫詩。剛開始，同學所寫的詩，幾乎全是傷春悲秋、無病呻吟之作。大二學生，會有什麼大不了的憂愁呢？但是，寫出來的詩，竟然全像是被拋棄了數十次的怨婦一般，哀怨滿紙、忿懣無邊。我不能確知申教授看到這樣的內容，心裡是怎麼想的，然而，他從來沒有譏笑過我們幼稚的強說愁，只是誠懇地將格律錯誤的地方挑出、加以訂正，或是把不通的句子改爲通暢、不雅的詩句變爲優雅。唯一的例外，是一位雄才大略的男同學轉化李白的詩句爲「天生我才有大用」，老師看了，不禁笑起來，評論道：

「以李白這樣的天才，都只敢說：『天生我才必有用』，你這『有大用』的『大』字，恐怕言之太過了。」

老師就是這樣一字一句地修整我們那些稚嫩生澀的作品，不厭其煩的。由先前的調笑戲謔，教室內的氣氛隨著歲月的流逝逐漸轉爲認眞投入。老師眞是化腐朽爲神奇的高手，常常只是一字之差，卻將詩的意境提升到相當的高度。老師還不吝稱讚同學的作品，改到他覺得滿意的作品，總是稱道再三，畫上好幾個圈圈。有一位女同學，其他科目的成績並不特別出色，但是，在詩選的課上，一直備受誇讚。她寫的詩，情致纏綿卻不流於濫情，不但受到老教授的青睞，也深得同學的喜愛，贏得詩人的美名。老教授的認眞對待，激起了同學的強烈求知慾；而受到優秀作品的刺激，同儕之間也因之興起相互較勁的心情。大夥兒的詩，越寫越多，也越寫越好。我寫板書的手雖然越來越忙碌，情緒卻是相當高昂的。

學期中的某一天，老師忽然提到班上兩位同學的字跡，說是頗有「習字」的天份。其中一人，從未在書法上受過稱道，聞言大喫一驚；另外一人指的是我，我雖然因爲自小就常常被指派代表班上參與書法競賽而不甚感到意外，但是，心裡還是開心。老師把我們兩人找了去，說：

「你們都是能寫字的人，如果有人指點並稍加練習，可以寫出很像樣的書法來。哪天，上山來家裡，讓我好好跟你們談談吧！」

於是，兩個愣愣的傻女子便眞的選了個風和日麗的春日，上山拜師學藝去。老師住在學校宿舍裡，記憶裡位在半山腰。我們去了，師母總是笑臉出迎，並不時參與談話。聽說平常日子裡，他們倆常常以詩相唱和。這總讓我不由得記憶起年幼時，逢年過節到彰化的姨媽家裡，姨爹和姨媽也總是寫詩相唱和。小小年紀，對浪漫的嚮往就是從那樣的琴瑟和鳴開始肇端。青春歲月，再度與同樣美好的婚姻邂逅，不免心醉神迷。

坐在書房裡，老師拿出文房四寶，告訴我們：

「寫字得從磨墨始。氣不浮、心沉靜，才能寫出好字來。」

於是，我們花了幾個禮拜學習文房四寶——筆、墨、紙、硯種種問題。光磨墨，從姿態、用力的輕重到氣息的調整就耗了兩個星期。磨呀磨的，越磨越不耐煩，心裡只想著什麼時候可以提筆揮寫。好不容易磨墨告一段落，老師說好字得有好章子來陪襯，章子要蓋得勻稱可是大有學問的，印泥的挑選、印泥的調理、印章的種類、蓋印時的力道……彷彿我們已經是書法名家，即將面對揮毫送人的局面。當時，我們實在太年輕了！東張西望、心浮氣躁，對老師的苦口婆心只感到不耐煩。老師一逕邊講邊示範，篤定地依照既定的進度，絲毫沒感受到我們的無奈；或者因爲眼力欠佳，也不管兩位學生如何因爲無趣而相互扮鬼臉逗樂。接近中午時分，我們告辭離開前，老師從書架上取了兩本書法帖子分贈我們，是魏碑張黑女，他朝我們說：

「一般人學書法，習慣從顏眞卿、柳公權臨起，其實大謬不然。骨之不立，皮肉將安附？字的骨架先得撐起，再學顏、柳，才不會未蒙其利，先受其害。習魏碑對骨架的建立最有幫助，你們先帶這本張黑女的魏碑回去，好好臨帖，下回上山時帶來給我看看。」

於是，我們捧著《張黑女墓誌銘》下山，一路駭笑，覺得碑文字體拙稚、碑名可笑。可是，因爲不忍辜負老師的一片苦心，我們兩人還是乖乖臨帖，只是自認不夠用功，一拖再拖，就是不敢拿去給老師看。當時，我就讀的東吳大學，猶然力行外點制度。教務處請了專人，在每節課接近尾聲之際，進到教室後方，負責點名。因爲每日必點，點名小姐對我們的後腦勺可以說熟悉到了極點。老師想找我們這些學生談話，多半仰仗她們傳交紙條。我倆收了兩次紙條後，不得不硬著頭皮攜帶作品上山。老師居然稱讚有加！讓我們欣喜莫名，平添許多信心。就這樣，有一搭沒一搭地寫了些日子，恰好當年中華文化復興委員會舉行的例行性書法比賽正在收件，老師大力鼓勵我們參與，當是華山論劍、與同道相互切磋。誰知，競賽公佈，我居然意外得了大獎！我的那位同學也得了佳作，作品在文復會展示過後，又在學校的大禮堂展出多日，同學與我享受了難

得的虛榮，老師則笑得合不攏嘴，看起來彷彿對自己成爲賞識千里馬的伯樂，感到十分得意。

畢業之後，我雖然仍留在學校擔任助教，老師卻從學校退休了。年輕的我，旋即捲入談戀愛和拚工作的漩渦裡，和老師接觸日少，幾乎忘了生命中曾經有過如此美麗的邂逅。一日，在書房愣坐，抬眼看見牆上掛著當年老師的賜字：

「護岸小桃紅滿樹，遮麈楊柳綠霏煙。」

前麈往事忽然一起湧上心頭。那年，約莫戀愛談得一塌糊塗；初爲人師，又心慌意亂、缺了從容，忽然強烈思念起老師與師母不落言筌的溫柔與篤定。於是，我決定單槍匹馬上山去探望老師。老師和師母高興地和我談起別後種種，師母還取了她親自謄寫付梓的詩集《佩芸詩鈔》贈我，我幾次想開口感謝老師昔日的殷殷教導，話到嘴邊，卻始終害羞地沒敢開口。而這一別，沒料到竟成永遠！老師、師母相繼過世，如煙的往事也逐漸在現實的忙碌中漫漶、消逝，乃至不復被記憶所揀選，只除了他們兩位老人家留給我的一幅字和一卷詩。

多年來，幾度搬遷，許多的舊物失蹤的失蹤、丟棄的丟棄，老師的墨寶側身氾濫成災的書籍、畫軸間，無人聞問許久。近日，屋子重新整修、裝潢。無意之中，這幅字再度被尋獲，發現裱框已然龜裂，白色的紙張也開始泛黃並有不規則斑點附著其間。然而，步入中年的我，在歷經了風狂雨驟之後，重新與它素面相逢，竟彷彿看出了年少時未曾領略的新義來。老師落墨如煙、濃纖有致的字跡背後，呈現的不只是濃郁的書卷氣息，他所題的詩句「護岸小桃紅滿樹，遮慶楊柳綠霏煙。」好像也在不經意間透露出老人家一向護衛學生的心境。我忽然興起繾綣的思念，將它重新裝裱並懸掛在客廳裡最顯眼的位置上，隨時提醒自己，非但莫要忘記老師當年的提攜教誨，並且得努力傳承老師護岸、遮樓的苦心。無論如何，在教師的崗位上，得想法和老師一樣，成為一株紅滿樹的小桃或綠霏煙的楊柳，為學生提供繽紛的風景及遮蔭的清涼。

——原載二〇〇四年六月十八日～十九日《中央日報・副刊》

歲月也無法摧毀的——記鄭任卿老師

因為轉學之故，小學生活的記憶似乎一逕抑鬱寡歡。其實，在尚未轉學到城裡去之前，我是個很快樂的孩子的。鄉下學校，教室裡彷彿永遠充滿了奢侈的陽光。我個頭小，老坐第一排中間，是老師的得力助手。老師在成績單上給我的評語是：「聰明靈活」、「聰明用功」。同學們都是一塊兒長大的，自然就結了夥兒的。一起玩躲避球、一起踢毽子；下課後，一起揹著書包牽手回家。

四年級結束後，母親不知道是受了什麼影響，忽然不放心了！硬生生切斷我的童年交往，決心帶我向更寬廣、更摩登的世界眺望。當時年紀小，到底曾經做過怎樣的反抗已不復記省。不過，轉到台中師範附小後的我，變得孤單、寂寞則是印象深刻的痛楚。被欺負、排擠的時候，總不由得思念先前在潭子國小的生活，而思念之中，我三年級時的導師鄭任卿女士常常是佔著非常大的部份。依稀記得離開潭子國小後，幾回在家鄉的街道上和老師不期而遇，老師總微笑著問我：

「一切都還習慣嗎？功課還好嗎？」

我低著頭，挨著母親站著，半天不吭聲，總要讓媽媽把我拽出來，才輕輕地回答：

「還好啦！」

講完，就刻意把臉轉開，怕自己不小心會哭出來。鄭老師曾試圖阻止我的母親讓我轉學，沒有成功。我忘記是否曾經將自己的害怕跟老師吐露，但我確曾在她身上寄望甚深，希望她能扭轉乾坤，別讓我面對那完全沒有把握的新世界。然而，沒有人能阻止我母親想做的事，鄭老師的遊說無功，使我相當傷心。我以爲以她的口才，應該遊刃有餘才是。我低估了母親的固執，鄭老師也許曾經爲此懊惱過，但也沒法子，畢竟我是我母親的孩子，當老師的，使不上力的事也是常有的。

我之所以特別想念鄭老師是有原因的。在四年級前，我都是班上的天之驕子，鄭老師特別疼愛我，班上的所有競賽，老師總指派我爲代表，演講、朗讀、注音、作文……幾乎無役不與，而且場場拿到好成績。上了四年級後，我們又重新分班，全校的優秀女生被編入同一班，雖然表現依然不錯，但到底慢慢失去了絕對優勢。四年級的導師姓傅，前幾年，潭子國校開同學會，蒙她們不棄，也通知我去參加。那時，我已經寫了十幾本書了，傅老師納悶地問我：

「我記得你的算術很棒的！怎麼沒有印象你會寫文章？」

這便是當時我只思念鄭老師的原因了，因爲只有鄭老師是了解我的，是看好我的。在小學、中學階段，只要遇著我的母親，老師便常常提醒說：

「要記得把玉蕙的作文、書法本子留著，莫要丟了！若是可以，送幾本給我，讓學弟妹們觀摩！」

我的母親喜愛看小說，常編派我到街市轉角的租書店去幫她租書，以此之故，我跟著看了許多該看或不該看的課外書，我經常在文章中提到母親對我寫作的無心插柳的影響，其實，眞正下工夫啓蒙我的，是鄭任卿老師。鄭老師是從小便知道我喜歡作文的，而且也認眞鼓勵我寫作的。她在我的作文簿上圈了許多紅圈圈，將不通順的文句仔細地修改，更重要的，常常把我的作文貼到後頭的佈告欄裡給同學觀摩。我自小糊塗，丟三落四的，每天都難逃母親雞毛撢子的伺候，只有在母姊會那天，可以倖免。因爲，佈告欄內，所張貼的我的作品，讓母親在眾人欣羨的眼光中感受到無限的虛榮。因爲太高興，回家就忘記要打人。

當年，鄉下的老師多是本地人，大多拙於國語，講話或教書時，不是帶著日本腔，就是一口台灣國語，鄭老師的標準國語，給我們紮下了很好的基礎，這對我後來的語言發展有相當的影響。在戒嚴尚未解除的年代裡，我的國語發音常常讓人誤以爲是外省子弟，佔了相當大的便宜。譬如：畢業時，代表畢業生致答辭；運動會時，被推舉擔任大會司儀；大學時，主持學校一年一度的音樂會；演講、辯論比賽更是常常奪得錦標；就連如今我經常應邀去各處演講，我都深信與當年所建立起的

信心大有關聯……。而我終於走到寫作的路上來，當然更是得力於鄭老師當年的鼓勵與教導，鄭老師對我的影響堪稱深刻而長遠。

鄭老師長年身著旗袍，高佻挺拔，長臉薄唇，鼻梁尤其高挺，是個非常具有個人特色的老師。童年時，我臉狹、下巴尖，襯出堅挺的鼻梁，母親老說：

「眞奇怪！汝倒比較親像恁鄭老師的囝仔，卡無像我的。」

或許因爲母親這番的言語，我感覺和老師特別親。在附小讀書的時候，只要遇到無法解決的痛苦，就特別想念她。年紀小，什麼都不懂，也不知如何面對排山倒海而來的困阨。但是，彷彿只要能在心裡和老師悄聲

說說話，就覺得舒坦多了。老師也許從來不知道她曾經是學生多麼大的依賴，可是，作爲學生的我是從來未曾忘記的。鄭老師擔任我的導師時，約莫三十四、五歲，如今，匆匆又是四十餘年過去，我身爲人師也已二十餘年。二十餘年來，我一路回溯著、摸索著老師示範給我的身影，戰戰兢兢，盼望有生之年，也能像老師一樣成爲學生困頓時的依賴與希望之所寄託。

雖然，時間、距離兩迢遞，自從離開了家鄉，和老師難得相親，但我深信師生情篤，是歲月也無法摧毀的。今逢老師八十大壽，特別記下這段師生的緣分，以申由衷的賀忱。

——原載二〇〇四年六月二十六日《中央日報・副刊》

寫博士論文的那個新年

經過四年的奮戰不懈，我的博士論文寫作正處於緊鑼密鼓階段，外子走進書房，對著緊盯著電腦的我問：

「今年的年，打算怎麼過？」

我的雙手仍然猶疑地在鍵盤上移動，心不在焉的回答：

「什麼怎麼過？」

外子一向對我的學業極爲支持的，但是，不眠不休地躲在書房，緊盯住電腦螢幕，也不免叫他擔心。他說：

「過年呀！你總不能還躲在這兒，該起身運動、運動，老跟電腦打交道，遲早會得飛蚊症。……我是說，今年要不要回去老家過年？還是湊合著在這兒過？如果在這兒過年，是不是該準備一些年貨呀？如果還是回去過，也應該跟媽媽打個電話吧！」

我斟酌著一個適當的用詞，偏著頭，好像在考慮他的問題。想起來了！我好興奮地說：

「對！就是這樣！……沒錯！」

外子一看我一副無可救藥的樣子，索性搖搖頭走了。除夕的前兩天，晚飯桌上，外子宣佈：

「因爲媽媽趕寫論文，今年，我們就在台北過年。媽媽忙，由我主持年夜飯，你們得幫幫忙，到時將自己的屋子清一清。有任何問題，可以提出來，如果沒有，就此解散。」

那年，兒子十七歲，女兒十五歲，他們最關心的問題還是壓歲錢。兒子很快提綱挈領地發難：

「那叔叔的壓歲錢怎麼拿？」

雖然是問句，聽起來倒比較像驚嘆句！因爲叔叔的壓歲錢年年總給他們很大的驚喜，這件事太重要了！大人還來不及回答，女兒也接口道：

「還有阿嬤的、外婆的、二姨媽的，另外，你們要給依潔他們的壓歲錢，又怎麼辦？」

依潔是他們的堂妹，叔叔的女兒。

「很簡單呀！統統抵銷。叔叔不必給你們，我們也省了，不給依潔！……你們小孩得利，我們大人遭殃！奇怪哦，不知道是那個傻瓜大人這麼不會算計，訂下這麼不划算的規矩！」我轉頭向外子說。

「是哦！我早看出來了，你們大人自己小時候得了便宜，拿了紅包，現在開始耍賴皮，想不給！想都別想！」

我不理他們，踱進屋去，繼續我那看起來似乎永遠無法完工的論文。

除夕那天，外子進進出出好幾趟，我看似鎮靜如山地繼續工作，其實，心裡有點兒著急，不知道他會搞出什麼花樣來。最後一趟從菜市場回來時，我忍不住了！放下稿子，跑到廚房巡視一番。眞大大嚇了一跳，那態勢，像是將有一連以上的人來家裡過節般。大蘿蔔出現五條、菜心買了五大支，長年菜好幾顆、蔥蒜各一大捆、豬肉三大包、排骨數十支、雞兩隻、外帶一隻大白鵝、牛肉牛肚及其他應景的瓜果、乾貨、蔬菜，更不在話下。我說：

「饑荒年代嗎？還是有客人來？買這麼多，怎麼吃？冰箱也擺不下呀！」

他不知道有無聽出我言詞中的揶揄，仍振振有詞說：

「人無遠慮，必有近憂。有沒有客人來不知道，萬一來了，可不能沒東西給人家吃呀！我媽過年就這麼買的……。」

我想和他說明時代之變異，久遠年代囤積年貨之必要及現代生鮮超市所帶來的便利之類的話，話到嘴邊，還是硬生生吞了下去，因爲我及時省悟到沒有時間盡義務的人，最好別隨便批評人家，而不批評的最好良方，就是「眼不見爲淨」！於是，我訕訕然又躲進書房，繼續困獸之鬥。

外子是個獨立的人，一個太獨立了，叫人害怕。一個下午，他悶頭做事，居然一次也沒到書房請教廚藝之類的事，憑良心說，我非常擔心除夕夜沒有一樣能入口的料理，儘管只是四個人過年。我不時地跑出來同他說：

「有什麼問題，儘管來問我，我不會受到干擾的，你放心！」

他笑笑，沒說話，看起來成竹在胸。不知爲什麼，這讓我感覺心裡毛毛

的。

「年夜飯開始了！除舊佈新，所有手邊的工作都停止！」

外子大聲宣佈過後，孩子們很有默契地進到書房，一個做儲存動作，一個負責關機，半推半擁，把我從電腦前架走。

飯桌上，居然一應俱全。圍爐的火鍋料、雞、魚、長年菜，連高難度的烤烏魚子都香噴噴的，只是酸菜黃魚的眼珠子掉出來，牛肉炒得像橡皮筋，獅子頭散成一堆碎肉，但是，大體都還可以識別出它們的原始身分。我有一點悵然若有所失，原以爲，沒了我的張羅，他們會張惶失措，沒想到，世界還是一樣運轉。我無限哀怨地說：

「看起來，你們都可以自立門戶了，沒有我，你們也都弄得有模有樣的嘛！」

外子故意將聲音提得很高，捲起舌頭，打哈哈地說：

「開玩笑，沒有您的領導，充其量就這個水平啦！表面功夫誰不會，細部可就大有學問啦，何況，重要的是精神標竿，眞要吃好菜，上館子豈不更方便？沒了您，那這年算啥呀！」

瞧他這一番話，和大陸的用詞可不有幾分神似！雖然，裡頭的學問太深，一時之間，尚且來不及細細體會，但言談間的誠意，叫我很滿意！我決定慢慢再斟酌其間的深意。

四人吃火鍋，有一些冷清，尤其，那個可惡的論文已淪肌浹髓地穿透我的肌膚、腦海深處，我不時地想起哪個章節的某個地方，可能有一種更好的修辭或裁章，常無視於其餘三人譴責的眼光，喃喃自語地起身前去修改。女兒說：

「完了！媽媽瘋了！回不到這個年來了！」

兒子說：

「這是啥撈什子論文！叫媽媽這樣牽腸掛肚，以後，打死我也不拿博士學位，依我看，根本是生不如死嘛！這種日子！」

爸爸嘆了口氣，說：

「你還是回去你的《桃花扇》裡吧！我看，沒徹底寫完，你是出不來了。赦你無罪！去吧！」

草草結束了滿桌豐盛的團圓飯，我又一頭鑽進《桃花扇》裡：兩朝應舉與修眞學道的轉變、死難殉國與臨難苟免的釐清、纏綿悱惻與忠君愛國的糾葛……隱約之間，聽到客廳傳來孩子們無聊的嘆息，外子無力的安撫，我自顧不暇，連抱歉的話都沒空說，逕自在成堆的資料間歸納分析，像是個可以判定歷史眞相的重要人物般，覺得自己一言九鼎，意氣風發。

感覺才一會兒工夫，怎麼竟聽到雞啼的聲音！我探頭到窗外，天邊隱隱露出魚肚白，一夜連綿的鞭炮聲，至此已完全劃下休止符，大台北像一個告別喋喋不休年

代的靜謐大盆地，莊嚴肅穆。我踱到客廳，鐘擺正待在凌晨五點位置，我伸伸懶腰，覺得確實有點兒疲憊了。

客廳的茶几上，凌亂地散置著昨晚遺留下來的零食，花生糖、瓜子、巧克力、核桃仁、牛軋糖……我發現外子仍舊買了被我念了N年還不罷休的大溪豆乾，黏不拉搭的，每年總是在年後清理進垃圾桶，爲什麼還買呢？是什麼情結作祟呢？嗯！等做完了《桃花扇》的研究過後，我決定好好研究一下此事的心理因素。

現在，我累了！新的一年開始，我要先去睡個覺，我撐不住了。

——原載一九九八年二月二日《台灣日報·副刊》

重溫文學的溫暖

我擁著厚厚的被子，一連數天，就這樣癡癡地翻著、看著第三卷的《聯合文學》，一本接續一本，興味盎然，直到夜深。彷若未曾照過面，仔細想來，卻又似曾相識。我在記憶裡撈呀撈的，分明是曾熱烈愛戀、抵死纏綿過的，怎麼還不到二十年，便又成為全新？莫非愛書如愛人，二十年前的戀人，無意間於街角邂逅，是不是也如此這般，既熟稔又生分？怕是書耐咀嚼，人生厭憎。我掩卷俛首，低迴再三。

我與聯文結緣，得追溯到第二卷十六期。忘了是吳鳴或簡媜打來的電話，約我為聯文寫作〈黃曆組曲〉，接下來陸續寫作多篇責任書評。當時，我雖在報紙上密集寫了一年的散文，卻連一本書都還未曾出版，如此渥蒙厚愛，自然是欣喜莫名。其後，一直和聯文保持若即若離的關係。十餘年來，每每以為就要藕斷，卻又絲連。寫散文、寫評論，甚至訪談稿，因為敬重聯文的純美，下筆總格外端凝、謹慎。

為聯文寫作的文章，細數起來，約莫也只有十餘篇。作為聯文的作者，我稱不上是它的親密愛人，充其量只是偶爾的外遇。我原本有機會和它發展出更親密的關係的，卻不知道爲什麼總沒有。書桌的最裡層，至今仍躺著一本厚厚的精裝合約書，記得是擔任叢書主編的梅新先生留下的。每次整理抽屜，總猶豫著該不該清掉它，空白的合約書常常讓我想起梅新先生的黑眼圈及留下合約書的那個下午。空氣涼涼薄薄的，午後的咖啡館裡，沒什麼人，咖啡的香味逐漸擴散，終於將整個屋子塡滿。算是文壇新人的我，對著意外的青睞，不知如何回答。堆著一臉的笑，除了謝謝外，反覆說著類似「其實我寫得很慢」之類的答非所問的話。兩人的對話不甚順暢，常常出現讓我驚心的空白。我忘了當時是怎麼想的，既沒接受，也不拒絕，顯露了我少見的猶豫。總之，最後他留下一本很華麗的空白合約書，說：

「考慮看看吧！下本書讓聯合文學幫你出吧……如果現在不能決定，回去想想，想好了，把合約書塡一塡，給我電話。」

大概是我想太久了，梅新不但離開了聯文，接著，還徹底地離開了人間，我在聯合文學出版社出書的因緣也從此斷了。

《聯合文學》創刊至今，忽忽已近二十年。《聯合文學》的編輯策劃讓作家朋友重讀、重現、重回美麗的現場，寄來了第三卷的《聯合文學》。我拆開包裝，隨手翻開第一本（二十五期），竟然湊巧看到楊照以本名李明駿寫的責任書評，題曰〈此事非等閒〉，正是對我第一本散文集《閒情》的評論。我眼睛驀地一熱，不由想起當初看到這篇評論時的激動心情。這篇評論對出第一本書的我有多大的鼓舞，楊照恐怕是不知道的。雖只三言兩語，卻切中肯綮，深得我心。楊照和《人間副刊》的金恆煒主編堪稱我寫作生涯中的貴人，一位用簡淨有力的評論來期許我，一位用快速刊登文章來鼓舞我。民國七十五、七十六年間，正是我的寫作熾熱期，我像蠶吐絲一般，夙夜匪懈，好像要將幾十年來沒出口的話一口氣說完。不同的是，吐絲的蠶不喫桑葉，而我卻有著特大的胃納，蠶食鯨吞。作為一位作者，我和聯文並不特別親密；然而，作為一位讀者，我堪稱忠實，它是我當年重要的精神食糧。幾乎每期必有的責任書評，固然是我讀書、購書的最佳指南；然而，我最鍾愛的還不在此，編輯精心設計的專刊，才真是我的最愛。第三卷裡，大小專輯不斷，一起始便是「小說專號」，網羅了老中青作者：由朱西寧領軍，馬森、唐德剛、白先勇、黃凡、張大春、鄭寶娟、鍾曉陽……可以說精銳盡出，細數名字，如今幾乎個個在文壇雄霸一方，稱之為「群英會」，又誰曰不宜！接下來，有以單一作者為號召的「沈從文專號」、「張愛玲專卷」、「梁實秋卷」、「傅雷特輯」、「汪曾祺作品選」、「西西作品專輯」、「大江健三郎專輯」、「渥里．索因卡特輯」、「凱．秀邦作品小輯」、「無法歸類的專輯（羅智成）」；有以寫作手法為歸納的「魔幻現實主義特輯」、「新感覺派小說」、「京味小說」；有以寫作地域或寫作內容為區隔的「大陸新生代小說」、「抗戰文學專號」、「大陸『性禁區』文學特輯」、「知青小說」、「當代意大利小說展」、「當代世界文壇大師的兒童文學」……每期一出版，無不造成討論風潮。《聯合文學》提供了均衡的飲食，饜足愛書人的多方口味，非但談古論今、亦且不偏廢中外。年輕的我透過《聯合文學》，認識當代台灣文壇；透過《聯合文學》，眺望世界文學；也透過聯合文學，和大陸文學接軌。十多年過去了，再度重閱，當年展卷時的喜悅心情竟然依舊，目不暇給的繽紛感受也未曾稍減。

仔細回想起來，印象最深刻的是，三十二期裡單德興紀錄的

〈王文興談王文興〉（七十六年六月號）。先前，任職幼獅文藝社時，曾聽來社裡兼差的康來新、董挽華等台大中文系學生談到她們上王先生的《紅樓夢》課程的情形，眞是不勝嚮往之情。其後看到他寫的《家變》，文字表達的詰屈聱牙姑且不說，小說裡展現的冷漠世情讓我爲之心驚，甚至久久無法釋懷。王教授解說《紅樓夢》的熱情和《家變》裡表現的冷刻在我心裡衝撞成一個大大的問號，覺得這位教授怪怪的。直到看到這篇文學對話，見到作家的自剖，我才稍稍理解一位律己甚嚴的小說家的執著。那年，我才剛寫作不多久，對作家仍感到十分好奇，看完那篇談得極仔細的訪談，覺得王文興這個人實在有趣，他不斷強調「我自己這個角色的不重要」，可是在談論自己的作品時，卻又不自覺顯露出絕對的自信來！當單先生引用王宣一所說：

「你構思《背海的人》時，受了不少西方小說家的影響，其中有卡謬、康德拉、杜斯妥也夫斯基、卡夫卡、索爾．貝婁、海明威，尤其受海明威的影響最大。」

小說家的回答不禁讓我大笑起來，他說：

「她也漏了幾位，應當還有貝克特，還有你剛才提到的湯瑪斯．曼。」

剛開始寫作的我，當寫作是一場遊戲，看到作家如此一本正經的追溯寫作的源流，像考證歷史一樣地補充說明自己的血緣，覺得有趣極了！而更讓人不可思議的是他的寫作方式，他像苦行僧一樣的寫作，花許多的體力，他不在草稿上寫字，而是：

「我在草稿紙上塗線條，……我的線條是用鉛筆揮打出來的，爲什麼是線條？因爲我來不及寫字，打出線條後，我再急忙把字轉譯出來。大概打下一條線條，可以得兩三字。不過這兩三字往往都不是我要的字，所以才要那麼多的稿紙。我的紙常常打得稀爛，像一張破布一樣。」

我一看再看，一再揣摩「用鉛筆在草稿紙上塗線條，再轉譯成文字，然後把稿紙打得像破布」到底是怎麼一回事？卻始終不得要領，轉而對自己的寫作感到失望：無足道的、過分平凡的寫作怎成得了氣候！想要成爲一位重量級的作家應該像王文興一樣，具備多元的血緣，最不濟事也要有與眾不同的寫作姿勢。而我，眞是太平凡了！規規矩矩地在六百字稿紙上撰稿的人，實在可恥！那是我看王先生訪問記的最直接感受，差點兒讓我因之喪失了繼續寫下去的動力。

西西專輯的出現，是讓我最爲雀躍的。在那之前，我看了她的小說集《像我這樣一個女子》，並且才在聯文上寫過她的新書《鬍子有臉》書評，對這位不停馳騁著奇思妙想的作者，眞是喜愛極了！專輯裡，詩、散文、小說並陳，依然是妙想滾滾、奇思不斷。文章的最後，有一篇顏敏的側寫西西〈像這樣的一個女子〉，其中寫到西西在香港的居室狹小，從巴基斯坦帶回一張顏色鮮豔的波斯地毯，家裡實在太小，沒地方掛，西西只好把它小心的捲好擱在她的小床上：

「每晚睡覺腳碰觸到地毯，便生出許多想法來。」

接著，寫西西的寫作：

「只能在上午母親睡覺的時候，她拿一張直徑三十公分可以摺疊的小圓木椅當桌子，一張矮木板凳做椅子，關了門，有時在廚房寫，有時在浴室寫。廚房、浴室的小通道寬度正好是她放一張椅子的寬度。」

我看到這兒，不知怎的，竟嚎啕痛哭起來。我以爲那麼好的作品應該是在明亮的光線或寬闊的院落裡醞釀出來的，然而，這又有什麼好哭的呢？不是說：文窮而後工嗎？隨遇而安的西西不是只該得到尊敬嗎？爲何十多年過去，我讀到此處，依然泫然欲泣呢？

「當代意大利小說展」非常具有特色，幾乎每一篇都讓人忍不住擊節稱賞。還記得看莫拉維亞的〈蜜月〉一文時內心受到的撼動，短短的兩千餘字，卻將一對猶然陌生的新婚夫妻即將展開蜜月旅行的不易言宣的心情刻畫得淪肌浹髓，讓人不由得要拍案叫絕！伊塔洛·卡爾維諾、莫拉維亞、納塔莉雅·金斯布格、托馬索·蘭多爾菲……等人眞不愧爲蜚聲國際的大家，雖然選刊的都只是他們的短篇小說，卻教人驚艷連連。我必須坦白招認，在那之前，我對意大利文學毫無認識，透過聯文的譯介，我才開始將狹隘的閱讀拓展開來。

民國七十三年九月，我倉卒應聘回母校東吳大學中文系教授《晚明小品》課程，初授專書的靦腆加上生疏的教學內容，每次上課，都戰戰兢兢地，使得授課成為我不能承受之重，嘴上侃侃高談閒情逸趣，實則心中忐忑不安。十一月，《聯合文學》轟轟烈烈創刊，一個微風的午後，我於書肆中與它照面，乍見扉頁上藍百合六瓣舒徐，不知為何，心裡忽然變得暖和。於是，我知道，人生行道上有了文學的溫暖，不安終究只會是短暫。

——原載二〇〇四年二月號二三二期《聯合文學》

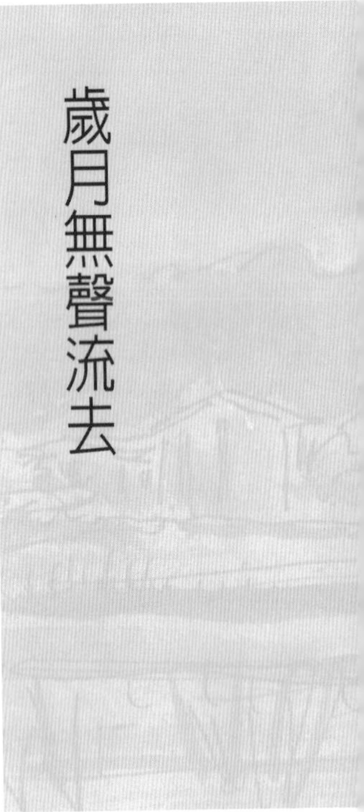

歲月無聲流去

這張照片應該是大學四年級時照的！外雙溪的東吳大學校園裡三三兩兩的學生穿梭其間，遠處是當時尚未開發的翠綠山巒，近處則是學校裡比肩的兩幢重要建築，較低的白色屋子是如今中文系託身的愛徒樓；緊鄰的是學校內的教堂安素堂。安素堂再往上頭走去，則是錢穆先生當年居住的素書樓。黃昏時分，我們偶爾會看見錢先生和夫人相偕出來散步。如今，不但錢穆先生已然故去，連外雙溪的山頭都被

開墾得千瘡百孔。歲月無聲流去，在舊照片裡看得分外驚心！

大三那年，因爲在學校裡擔任了太多的藝文相關活動，譬如：主編校刊、主持音樂會、主辦電影欣賞會，並在多項校外文學性比賽裡得獎，頻頻記功的結果，我的操行總計竟然超過一百分，讓教官感到十分苦惱。照片裡的我，看起來心情相當不錯，一副意興風發的樣子。大四，在學校裡已非嬌嬌女。學姊的架式已然成形，在餐廳旁椰子樹下對著鏡頭堆起笑臉，手上還拿著一枝原子筆，似乎是臨時從某一個寫字的場合裡被叫出來拍照的，然而，照片到底是誰照的？或是在怎樣的因緣裡拍下的，卻是怎麼也記不起來了。只依稀記得身上穿的是我頗爲喜歡的一件高領連身洋裝，翠綠色，原本腰間有一條同色腰帶，可我不喜歡繫腰帶，喜歡拿它當外套穿，感覺穿上它，有一種衣袂飄飄的瀟灑。在衣著偏灰暗色系的寒天，穿著沒有扣上前排釦子的翠綠連身長衫，在校園裡假裝忙碌行走，像個奔赴天涯的俠客，顯得飄逸、醒人耳目，而且重要。那樣的年齡，就愛標新炫奇，從鄉下來的孩子，連標新炫奇都顯得保守有餘、開創不足！

◎東吳大學中文系大四時於校園留影

——原載二〇〇四年七月號《文訊》

別——敬悼靜農師

那些個日子是曾那般熱切且奔放的生活著。剛踏出校門，一頭闖進了文化圈，結識了一批意興風發的各校研究生。我們狂熱地投注心力，編刊物，辦活動、訪問專家學者，義無反顧地向前衝刺，日子過得眞是酣暢淋漓。

記憶中的日子，恆常是藍天、薄薄的雲，連夜裡的月都似乎特別清朗。而在諸多的往事中，最教人難以忘懷的，自然是那段夾著萱紙、提著毛筆，直奔溫州街花事爛漫的小巷中的春日了。

先是爲了工作單位——幼獅公司去向靜農師求字。繼之是涎著臉，央求老師教授書法。赤紅色的書房中，老師是一逕笑呵呵。有時看著老師寫，有時老師看著我們寫。繚繞的香煙中，老師的臉是一幅澹定舒徐的風景。學寫字其實只是幌子，年輕狂野的心那裡耐煩那般氣定神閒的端坐，與其說是習字，毋寧說是貪愛老師豁達溫潤的器度和滿室的翰墨書香。

字，後來是不寫了。卻依然在溫州街的木屋中穿堂入室。有時和大夥兒陪老師和莊尚嚴老師在台大附近小酌。一日，在莊老師家晚餐，記得在座的似乎尚有莊伯和、戴麗珠、陳秀芳、董挽華和邱成章等年輕學子。酒酣耳熱之際，不覺手之舞之，高興的唱起歌來，莊老師還興奮地拿起筷子敲碗打節拍。飯後，莊老師歪歪倒倒地引導我們參觀書房，展示好友贈送的一卷好紙。兩位老師都有幾分醉意了，禁不起大夥兒再三慫恿請求，靜農師當下揮毫作畫，莊老師繼起題字，一口氣六幅情趣盎然的小品梅花、荷花便呈現眼前，六位學生，人人有獎，每一幅都一如老師般的醉態可掬。

那晚，外雙溪滿天星斗，手持老師的贈畫，走在潔淨的人行道去搭公車，四周是聒噪不休的蛙鳴，我們雖因薄醉而顯得步履顛狂，但心思卻益形澄澈篤定。兩老不失赤子之心的讌讌笑語和兩人間不改平生的誠摯友

誼，讓我們感受到亂離的世代中，原也還存在著所謂的「永恆」。

我是先夥同著眾人稱呼老師，而後才正式成爲老師的學生的。民國六十三年，老師應聘到我的母校東吳大學中文研究所任教，六十四年，我重回學校繼續進修，和老師學了兩年小說。當時的所主任徐公起先生非常禮敬授課先生。因我和臺老師較熟，又在學校兼任助教，便一再叮嚀，下課後，務必到校外幫老師招計程車。但老師一向客氣體貼，兩年來，雖都遵囑陪著老師走出校門，但老師視力好、腳程快，加上身手矯健，常常是我在身後追趕，還沒來得及招手，他已然攔了車子，直揮手叫我回去。我當時寄宿學校旁的小屋裡，遇到天涼的日子，老師還會周到的提醒我進屋加衣、莫要著涼。那裡是我招呼老師，分明是老師照顧我。

研究所升上三年級時，得決定研究題目及指導老師。我央求戴麗珠陪我登門造訪，請求指導。記得晚上約莫七、八點左右，說明了來意後，老師進屋裡斟了兩杯威士忌出來，我硬著頭皮乾杯後，老師欣然應允。回家的路上，酒精發生作用，戴麗珠和我都覺飄飄然，直想唱歌，這事一直印象深刻。

此事過後沒幾天，又上小說課。我照例在課後送老師出校園，走到了我住的小屋前，老師突然駐足說：

「可不可以陪我去中華路吃啥鍋？有一家葛小寶開的，聽說滿好！進去加件衣服吧！」

我加了衣服出來，老師邊談邊邁開大步，高大偉岸的身影，步伐又急又大，我幾乎是小跑步的跟著。到了店裡，他仍氣定神閒，我則氣喘如牛，那時心裡一直覺得老師身體健碩，定能活到百來歲。

那天，老師似乎特別高興。談了很多，殷殷垂詢我家裡的情形及負笈在外的起居作息，聽說我有三位室友，還打包了三份點心讓我攜回。

過沒多久，所主任找我去談，說小說已有多人修習，爲培養戲劇方面的專才，希望我能改習戲劇。小說和戲劇都是我的最愛，原本無分軒輊，然而，爲著不能追隨老師學習，我懊惱了許久，也不知如何向老師啓齒說明。幸而老師得知後，非但不責怪我的輕率反覆，反倒過來安慰我、鼓勵我，並對戲劇老師大加推崇。我一方面見識了老一輩學者的泱泱大度，一方面對自己的莽撞孟浪耿耿於懷。當年習字，無疾而終；今日拜師，出爾反爾，在我尊敬的老師面前，我一再暴露出性格中無可救藥的缺失，老師可以不加責怪，我卻不能不深自反省。

結婚後，有一段時日，我窩居多風多雨的龍潭，心境蕭索寂寥，日日坐看大片蘆葦叢中，一點一點向西邊滑落的鮮紅落日，反芻且耽溺著自找的強說愁情懷。教師節時，我寄了封卡片給老師賀節，大概字裡行間流露了不自覺的傷感，老師都細心發覺了，並來了一短函指陳。我接讀來信，涕淚縱橫。

那年聖誕節前，我產下一子，以聖誕卡向老師報佳音。一個月後，一幅「寫賀

玉蕙生子」的梅花翩然而至，筆力遒勁，風華絕塵。我坐在充滿冬陽的客廳裡，手上抱著初生的嬰兒，桌上鋪展著生機勃發的灩瀲梅花，覺得彷彿有撲鼻的花香自四面掩至，棄絕多時的自我逐漸在陽光下甦醒，眼淚不知何時潸潸流了一臉。

其後，因家事及課務兩忙，逐漸變成只有教師節及聖誕節時，才以卡片向老師問安並報告年來種種。有一年，我在賀卡上寫道：

「常在書攤上看到老師的字，備感親切，亦與有榮焉。」

不久，便見老師發表文章，寫道：

「有時我想，寧願寫一幅字送給對方，他只有放在家中，不像一本書出入市場或示於書攤上。學生對我說：『老師的字常在書攤上露面』，天眞的分享了我的一分榮譽感。而我的朋友卻說：『土地公似的，有求必應。』聽了我的學生和朋友的話，只有報以苦笑。」

我這才明白，我那過分天眞的言語，其實正痛切的點出了老師的莫可奈何，在他看似從容自在的容顏下，原也有著許多的隱忍與包容。

這兩年多來，我搬回台

北，和老師家近在咫尺，原以爲會有較多的時間去探望他老人家的。然而，俗務纏身，幾次驅車輕過溫州街口，甚至都沒能走進那依舊花事爛漫的巷子裡。一直到傳來他腦部開刀的消息，我一夜輾轉。翌日，倉卒直奔那熟悉的木屋，心下焦灼，不料，於玄關上迎接我的，依舊是昔日那盈盈的笑臉。我由是益發篤信身體一向硬朗的老師是不會輕易被病魔所擊倒的。

誰知道，這次的病魔只是略施顏色罷了，其後才眞是來勢洶洶！去年年底，我帶著女兒去看了他兩次，他談到了幾回無故昏倒，我因公公亦有同樣症狀，便交換了些心得。他或爲即將搬家而顯得有些急躁不安，臨走時，我請他留步，他堅持送到門口，指著巷口說：

「下次來，就到那邊。」

我把車子徐徐開出巷子，從後視鏡中看到老師仍舊定定站在那兒，愣愣地。女兒在車上拚命同他揮手，他亦視而不見，似乎在想著什麼心事。

過完年後不久，疼愛我的公公過世了，我心情慘怛，無以復加。辦完了喪事回台北，又聽說老師得了喉癌住院，眞覺萬念俱灰。顧不得百日內不探病的舊規矩，我除下了孝，趕到醫院，握著老師瘠瘦的雙手，不覺淚如雨下，反倒要老師來安慰了。

其後，每去一次，老師的臉頰就塌陷一些，雙手的肌肉就蝕陷一點，然而，一直不變的，是他體貼的催促早些回去的叮嚀。每次去時，我總提醒自己說些有趣的事，然而，看著老師日漸委頓的身軀，怎麼說著說著，喉頭就哽咽了起來。以至有幾次，我到了台大，竟只能在醫院的中央長廊中來回踟躕，再也走不進第九病房。

最後一次看他時，老師已意識有些模糊，藥瓶、吊袋、氧氣口罩……一口痰在喉間起起落落，我問他認得我嗎？他頻頻點頭，師姊問他是誰？他以乎陷入深思中，許久不答，我告訴他，他又急急點頭，語音模糊的連連辯稱「我知道。」臨走時，我握他手，他亦緊緊回握，師生一場，就盡在這一握中了。我在心中暗暗和他告別，決定再不去看他。老師一向瀟灑自在，相信極不願學生瞧見他這般狼狽失措模樣的。

得到老師過世的消息，雖不甚意外，卻是眞正傷心。我坐在書房中，回首前塵往事，看著牆上那幅因久經陽光曝曬而褪爲淡粉的傲岸梅花，想到再好的人也將終歸塵土，再是繁華絢爛的人生，最終亦不過徒留青塚而已，不禁涕淚淋漓。

廿五日，靜農師的親朋好友及門生故舊將齊聚辛亥路的景仰廳和他告別。作爲一個深受老師影響及關愛的學生，我不知如何才能充分地表達內心的孺慕及悲慟，謹以此文，含淚向老師告別。

——原載一九九〇年十一月二十七日《中國時報・人間副刊》

圈外

學期一開始，我在黑板上寫下了八個研究題目，要學生分組討論後，推派代表依次上臺報告。

怎麼樣分組？全班八十名學生，分八組，每組十人，很簡單的算數。學生照例意見很多，七嘴八舌的。有人主張照學號，有人主張就座位，大部份人希望自己找志同道合的同學討論。

紛亂間，我腦中突然閃過童年的一個夢魘，於是，一反平時「服從多數、尊重少數」的原則，臨時做了一個決定：

「就照座位好了！不是正好八排嗎？每排一組。好了！不必再談了，就這樣決定！」因爲私心裏懷著一個不足爲外人道的秘密，話一說完，我便撇下滿堂錯愕的眼神，走出了教室。

這眞是個可怕的夢魘。這個夢魘一直緊緊追趕了我二十多年。一直到現在，我仍然常常在午夜夢迴中驚出一身冷汗。

其實，只不過是個很普通的遊戲罷了。小時候，幾乎每個人都玩過的：小朋友手拉著手圍成個大圈圈，老師在中間發口令：五個、八個或三個……不等的數字，然後小朋友便依照口令所指示的數目湊成一個個的小圈圈。被摒棄在諸多小圈圈外的人，便得集中在中間，等待下一次的口令，伺機加入。當時，不知道爲什麼，每次玩到最後，不管中間的人幾經更迭，裏頭永遠有個我。我常常找不到合適的圈圈加進去，再不然，就是噙著淚珠驚惶地四處去湊數。

不像有些人，人緣眞好，總是可以好整以暇地等著別人來將就他。因此，到後來，只要一聽到老師宣佈這個遊戲，我馬上驚悚萬分，手足冰冷。偏偏當時的級任老師似乎很偏愛這個遊戲。我只好一次又一次地忍受這種沒道理的驚嚇。

爲什麼當時的人緣會這樣差，我一直納悶著。我自認並不是個性格陰鬱的人，怎麼會演變成這種境況。小朋友間常有小圈圈存在，奇怪的是，我始終打不進任何一個圈子裏。童年裏印象最深刻的畫面是：同學三五成群的在教室外跳繩、玩呼拉圈、跳格子、玩地球儀，而我一逕是獨自蹲在教室旁的陰涼地裏，羨慕地看著他們在一方陽光下玩得不亦樂乎！

朋友不是沒有，偶爾有一、兩個，因爲太稀罕，愛之太深，責之太切，常常要接受打擊。這個情況一直到初中不但沒有改善，而且變本加厲。初中三年，在升學競爭如火如荼的日子裏，我完全沒拿功課當一回事，每天在同性朋友間爭風吃醋。一天，我無意間翻到初中時寫的日記，不禁大吃一驚！整整三年的日記，簡直可以拿「血淚和流」四字來形容。內容不外誰又不理誰了、誰又虧欠我啦！誰又對不起誰了！每天在人我之間的情感上尺尺寸寸。事實上，人際關係哪裏眞有這樣駁雜？日記上出現的人物總共不出五人，卻儼然一個爭寵鬥勝的大觀園，滿紙辛酸，現在看來，眞是好笑！

長大以後，我常常思索這個問題。然後自怨自艾地歸罪於小時候的轉學。

小學四年級結束後，母親唯恐鄉下學校升學率低，千方百計幫我轉到當時臺中最負盛名的師範附小。剛到一個新環境，從頭開始交朋友，先天上已吃了虧，加上從鄉下到城裏，心裏充斥著莫名的自卑，以及同學的排外、欺生，就構成了我陰霾的童年。

不記得是那位詩人的句子：

「冬天像斷臂人的衣袖，
空虛，黑暗而冗長。」

我記事以來的童年，就是這樣的冬日。當時的小孩還不作興和父母溝通，我只能躲在陰暗裏咀嚼痛苦。同學拉鬆了我的長辮子，我哭！同學撇著嘴說我是老師的心肝，我哭！老師派我代表參加各項比賽，我也哭！我寧可把這榮耀拱手讓人以換取友誼，除了哭，我束手無策。

最恐怖的一次經驗，叫我畢生難忘。音樂老師選指揮，讓全班同學在堂上比手劃腳。我因爲在鄉下學校當過一年指揮，自然較得心應手。老師把我叫到講臺上表演，他一邊指導，嘴裏一邊罵道：

「土包子！不是這樣！鄉巴佬！不是！是這樣，唉呀！眞土……」

眾目睽睽之下，我噙著一泡眼淚，在鬨堂的笑聲裏一邊比劃著雙手，一邊在心裏低聲哀告：

「放了我吧！讓我回座位吧！我不要當什麼指揮，就放我回去吧！……」第二天，這位音樂老師從隊伍裡把我抓到升旗臺上，開始指揮。同學也許羨慕我的機會，但是，我心裏卻是滿滿的恨！滿滿的。

到了很久以後，才有人告訴我，這位音樂老師對愈是喜歡的人罵得愈兇，他就是這個脾氣。天可憐見！小小年紀的我，怎麼體會得出他的用心，只是自卑地一寸寸地把自己往陰影裏挪去，玩遊戲

◎憂鬱的童年

時，也仍然只是焦灼地站在中間流淚。小時候的照片拿出來看，一張張全是憂傷的臉孔，叫人心碎。

現在，我自己當上了老師，雖然教的不再是童稚的小學生，而是有充分能力保護自己的大學生，但是，我仍然多慮地特別留意校園裏那些孤單的身影，課堂上儘量避免讓他們呑噬我曾經嚐過的那些苦果。我警告所有學齡兒童的母親，儘量注意孩子的人際關係，發誓永遠不讓兒女轉學，不管他們將來唸的是什麼三流學校。這個傷口看似已經結疤，但那分深心的痛，卻是終身難忘。

「都是轉學的緣故！」我一直理所當然的這樣認爲。沒想到在前些天舉行的小學同學會裏突然有人這樣指摘我：

「你最差勁了啦！那時候，好驕傲哦！交朋友都要挑功課好的，不跟我們一起玩……。」

在嘈雜的聲浪裏，我頓時愣住了！怎麼會是這樣的？不是一直都是他們在欺負我嗎？怎麼突然變成我挑三揀四的？於是，我終於知道，自尊和自卑原只是一線之隔而已。

——原載一九八五年四月十三日《中國時報・人間副刊》

從年少癡狂到煙塵滿面

那年春日，我們四個死黨在台中女中校園大樓前留下了一幀神采飛揚的照片後，便迫不及待的脫下綠衣黑裙，換上彩色繽紛的洋裝，燙起鬈曲流線型的頭髮，正式告別清湯掛麵的日子。

雖然放榜的結果並不讓人滿意，但能脫離苦海無邊的聯考夢魘，終究是一樁令人興奮的事。因此，表面佯裝失意，內心實則撲撲躍動的我們，無視於家長的嚴責眼光，不多久，便原形畢露的群聚高談，竟日揣想著脫離父母管轄之後的種種自由滋味，尤其是通俗小說裡俗濫的校園愛情情節，更讓我們終日沈湎而無法自拔。

當然，不久以後，我們便醒悟到這樣的幻想實在是無可救藥的天真，大學生活並不像預期般甜蜜多

彩。大一的暑假，我們頂著各自的傷痛與寂寞，分別由木柵、泰山及外雙溪歸來，相約在考上靜宜的譚家相聚。炎炎夏日，迎接我們的，依然是譚家那隻永遠敵我不分的大黃狗。鐵路局日式榻榻米宿舍在偶爾迎風作響的風鈴聲中，顯得寂靜而慵懶。我們迎著院中四處攀爬的藤蔓，坐在木板玄關中，人手一枝張騎著單車飛馳攜來的糖廠福利社的冰棒。一邊舔著，一邊卻強烈的思想起彼此共有的那段強說愁的歲月。像白頭宮女般，爭著回憶天寶遺事。而那年，我們也不過才十八歲。

其後，每年寒暑假，我們總要想辦法聚首，譚家「四海之內皆兄弟」的開放氣氛，自然成爲集會的當然所在地。我們時而促膝在榻榻米上相對談心，時而挨擠著在加蓋的廚房裡油炸年糕，時而相偕上街添購衣物，時而扛著帳棚野外求生。譚家變成了台北遊子返鄉的止痛療傷地，笑聲啼痕俱有樑上燕泥爲證。在此地，痛哭與狂嘯一般尋常，誰也毋須僞裝。

首先是沉靜含蓄的張，在驚心動魄的情海中觸礁，接著是譚於轉系與否上輾轉，而我，在盲目的衝撞後，也不免滿身傷痕。何看似一切平穩，最後也不免掉入一場愛情的泥淖中，載浮載沉。年年夏日，我們舔著張捎來的紅豆冰棒，溼黏欲滴一如往昔，但冰棒的滋味，不知怎的，卻明顯地一年不如一年，終至有一天，我們坐看歪曲變形的冰棒在塑膠袋中逐漸融解模糊成一片，而竟無半點惋惜。

大學畢業後，譚選擇了教職，張在商場擔任秘書，我進入研究所繼續深造，何則展翅高飛、負笈異域。四缺一，加上各自爲了工作打拚，不定期的聚會便如藕斷絲連，偶爾在西門町埋首疾走，猛一抬頭，竟在街角不期而遇，仍是相擁驚呼，興奮良久。然而，台北何其大，這樣的機緣，也只是可一而不可再。

慢慢的，彼此的消息都須借助第三者的傳遞，昔日處心積慮同穿相同式樣的圓點大蓬裙外出的那種親密感覺，似乎隨著歲月的腳步漸行漸遠，各自的世界裡都有了新的恩怨情仇，時間空間兩遙遠，彼此竟像是再也無法共享秘密、共擔苦難了。

終於，張首先傳出喜訊。我歡喜之餘，走遍台北街頭，爲她選擇了一幅題爲「孤燕」的名家攝影作品相贈，原只是爲其間絕美的天色癡狂，迷糊莽撞，那想到單飛孤絕原是婚禮忌諱。不知是否巧合，抑或眞是一「圖」成讖，不到一年光景，張竟匆匆結束了傳奇式的婚姻，就像那隻在茫茫蒼穹上張著無助的眼睛寂寞尋路的單飛燕。離婚官司纏訟不休，婚姻生活中的暗濤洶湧，誰也難斷是非。再見面時，一向沉靜如幽蘭的她愈發無言，憔悴一如即

◎台中女中時期的我

將萎謝的殘紅，似是稍一搖撼，便再難據枝頭。

而我無端掉入一則難解的三角習題裡，攪得鼻青眼腫、魂飛魄散，夜夜咀嚼著煎心的苦果，差點兒長醉殺戮戰場、被宰割得屍骨無存。兩人在明星咖啡屋中，慘然相見，直似再世為人，只能「執手相看淚眼，竟無語凝咽」。咖啡屋的窗外正當學生下課，三三兩兩，笑語喧嘩、推擠拍打，書包在街肆中任性翻摔，往日種種，像一張張拍立得照片，貼在腦門上，重現在武昌街裡——台中第二市場裡的超大碗蜜豆冰、星期六下午的趕場電影、騎著單車在大度路上和斜坡

◎高中時期四個死黨，左起張、譚、我、何

奮力相搏、歷史課中作弄年輕害羞的男老師、在行將畢業的最後一課裡，群起高歌「吾愛吾師」，終至淚流滿面——年少癡狂的歲月終於因著坎坷的世路而蒙塵陰暗，似乎再也掙不回亮麗翩躚的色彩。遠走異邦的何也斷續傳來矛盾與煎熬的淹蹇，豪氣萬千的譚又何嘗能逃過種種的試煉。在人海中，我們顛仆、跌倒、爬起、瘸腿而行，在灰敗的塵色裡，隔著海、隔著山，倉惶遙望，總以爲自己的悲痛最甚、創痕最深，而當坐望同一個窗口，才知這人世的種種皆不過命定的排程，誰也不比誰心酸。我們在飄浮著蛋糕香味的武昌街樓上，在窗外廟宇游移的檀香裡，執手誓言重拾昔時光燦的笑容，永不被擊倒，在即將重新出發的行囊中裝進最美麗動人的祝福。

十多年過去了。力爭上游的何拿了博士學位，在飄泊多年後，終於回到了台北郊區的大學任教，並高舉新女性主義的大纛；譚選擇了從商的丈夫，在台北翻滾起落後，毅然移居美國；因追尋愛情而流落紐約的張，終於勘破紅塵，希冀皈依佛門；而我幸運的覓得安全的避風港，心如止水的在大學裡濫竽教職，偶爾在文字中密密尋春，雖仍不免煙塵滿面，卻眞是無怨無悔。

風吹雲散，昔日的老友終於還是各自勞燕分飛，要再重新聚首，已不知何日。當年鐵路局宿舍的譚家也已遷移改建，多麼懷念那些坐在木板玄關上一邊聊天、一邊舔著冰棒的日子。然而，一切都已遠去，照片中，飛揚的神采、清純光燦的笑容恐是再也追它不回了。

老師！請慢慢走

——敬悼王夢鷗老師

夢鷗老師終究還是撒手人寰了！雖然，老人家已然高壽，對生死之事，我們早有心理準備，卻仍舊忍不住傷心落淚。在暗夜裡，我取出三年前文建會委託「生龍錦鳳傳播公司」錄製的《智慧的薪傳》影帶，再三觀看，不期然想起傳播公司的工作人員當時前往攝製時，老師和師母在鏡頭前如何靦腆地不知所措並頻頻招呼我一起入鏡，以解除尷尬的往事。

我在東吳念研究所時受業於王老師，從碩士班一直到博士班，上的正是王教授最拿手的《文學批評》與《唐代小說》，雖然不是他所指導的學生，卻一直最受到他的照顧與關心。老師的博學多聞，已是眾人皆知。無論是《文學批評》或《唐代小說》，他的教導都不會只是資料的整合或歸納，他示範的是一種創意、是個人的發現，這裡頭隱藏著學生看不到卻絕對體會得到的用功與殫思竭慮。可以想見上課之外的時間，老師是花費了多少時間埋首書海。而更教人印象深刻的是，上課時，雖然採取學生專題報告方式，但最後的結語，老師總是能直指核心、一語道破並多所啓發。上博士班時，我已擔任教職多年，對老師的溫厚蘊藉，感受最深。他總不忘從學生稚嫩、生澀的報告裡找到最適當的稱讚，給學生最多的鼓勵；而以自己深厚的學識、見地含蓄地反襯學生的不足或不夠用功，這對我日後的教書有著相當程度的影響，讓我暗自惕厲以身作則及溫柔敦厚在教學上的重要。

老師和師母的伉儷情深，是學界傳爲美談的佳話。夫妻二人在晚年飽受病痛之苦，是學生最爲不忍之事。有一個學期，我和丁肇琴、黃美娥教授常結伴在星期三的中午陪老師和師母吃午飯，其後因爲課程安排不易，午餐的約會便無法繼續。不過，只要時間許可，或者黃昏、或者午後，我總會抽空做短暫的探望。老師和師母看到我，總是不忘給我一個深深的擁抱，而臨走之際，我也不忘要求另一個大大的擁抱。去年，師母不幸仙逝，老師陷入時而茫昧、時而清醒的狀況，而我受困於一些難言的複雜情緒，竟再也沒去探望過他老人家！如今，傷痛無法再度擁抱，只能不捨地在心裡跟老師道別，說：「老師！請慢慢走。」

——原載二〇〇二年九月二十四《民生報》

在虛構的電影世界裡

年少時期，青澀苦悶的情感，端賴小說和電影來排解。黃梅調電影流行時，正當我念初中，對凌波的癡迷幾乎到達病態的程度。《梁山伯與祝英台》上演期間，我省吃儉用，就爲多看一次梁兄哥。凌波來台時，掀起巨大爭睹熱潮，堪稱「萬人空巷」！同學間不但相互比較看電影的次數，還在剪貼簿上較量厚薄及本數。我一共看了二十餘次《梁祝》，無論金錢或時間，都已經是竭盡所能，在同學間卻還瞠乎其後，一位家境良好的同學號稱看了一百餘場，讓班上同學都對她妒恨交加。也就因爲無法籌出更多的電影票錢，我對家境的貧寒產生從未有過的憤恨。

凌波蒞台，是當年盛事。媒體追逐，影迷夾道，凌波的一顰一笑，盡收報紙版面。那一段時間內，我們姊妹趕早起床搶報紙，將刊有照片新聞的版面剪得千瘡百孔，等到爸爸起身看報時，只剩了坑坑洞洞的空殼子。《梁祝》的電影插曲，無論老少、不分男女，幾乎人人琅琅上口。街頭巷尾，一片傳唱。演《梁祝》時的凌波，尋常五官，一副朝天鼻，不但無法和樂蒂的貞婉冷艷相抗衡，甚至起碼的亮麗耀眼都談不上。然而，戲裡的梁山伯憨憨厚厚，傻乎乎地，一副不長心眼的癡傻，讓觀眾打從心眼裡同情、愛憐。因爲迷凌波，所以恨樂蒂。班上少數幾位樂蒂迷敢怒而不敢言，其中的一位，曾經在凌波的照片上畫上難看的眼鏡，好長一段時間內都被視爲人民公敵。

凌波的電影，我幾乎一部都沒錯過。家事課，五六個人分配到一部裁縫機，手腳麻利的，負責踩機器，像我這樣笨手笨腳的，本來只合一旁齜牙咧嘴賠笑。然而，老袖手旁觀，終是可恥，黃梅調風行的那陣子，總算讓我找到人人都可接受的報答方式。幾個人在裁縫機前挨擠著，好像研究著裁縫的學問，實際上是側耳傾聽我說電影，連說帶比的，把《七仙女》、《花木蘭》、《魚美人》、《江山美人》、《紅樓夢》……等，全給演完了。踩機器的往往聽得出神，一齣電影說完了，一條抹布還沒完工，老師氣得跳腳，同學聽得開心。

青澀的年紀，偶像一個接一個地更換。迷過了凌波，羅美雪妮黛繼起擄獲了我的心。《我愛西施》裡的皇室戀情，讓苦悶難受的讀書生涯平添若干浪漫憧憬。羅美雪妮黛的咪咪眼掃過之處，魅力難以抵擋，《我愛西施》續集、三集接續來。多年後，我在重慶南路的走廊攤位上，看到該片的錄影帶，興奮得不得了！一口氣買他三集回家，跟孩子們炫耀一番。我們闔家圍坐客廳內觀賞，不到五分鐘，外子起身說去倒個水喝，一去沒有回頭；七分鐘後，兒子揚言必須去打個電話，當然也是有去無回；八分鐘，乖巧的女兒再也無法忍受，懶洋洋地起身說：

「你們古人的電影眞是難看啊！眞虧你們還能忍受。」

而我自己，也越看越駭異，納悶這樣的電影當年怎會受到偌大的歡迎！

大學時，學校電影社定期放映電影。我們女生特別青睞奧黛麗赫本，《羅馬假期》、《雙姝怨》、《第凡內早餐》、《戰爭與和平》、《窈窕淑女》、《修女傳》……，都引來大批的影迷觀看。還記得看完《驚魂記》後，燈亮，同學正魚貫出場，燈光在一明一滅之後，忽然會場陷入一片闃黑，一位女同學陡然發出一聲尖叫，嚇得大夥兒毛骨悚然，霎時人群亂成一團，那樣的經歷，一輩子難忘。

大學生活，過得儉省。然而，只要有好電影，我是寧可餓肚子，也不願錯過。影星中，除了奧黛麗・赫本外，珍西・蒙絲、黛博拉寇兒、費雯麗、克拉克・蓋伯、亨利・方達、凱薩琳・赫本、英格麗・褒曼、葛里葛萊畢克……都是當時炙手可熱的明星，只要有他們的電影，我總是想盡辦法從微薄的生活費中撙節用度去排隊買戲票。雖然稱不上是頭號影迷，但是，在電影院裡耗掉了非常多的時間，也從電影裡得到許多的快樂，則是最難忘懷的鮮明記憶。

大學畢業後，轉而風靡伍迪・艾倫的電影。對他那喃喃自語、幾近神經質的表演方式情有獨鍾，對他的電影中錯綜複雜的人際關係尤其感同身受。前幾年，偶然接觸到他導演的《不知名的第三者》（ANOTHER WOMAN），描述一位任教大學的女教授，在五十歲那年，刻意休假，專事寫作。為了專心，承租了一間公寓，和心理醫生比鄰而居，卻在無意間偷聽了一位徬徨女性患者的心理告白，而因此觸發她反省自我的人際。那年，我正好也五十歲，和劇中人的學經歷頗多吻合，那位女教授自以為人際圓融，實則是眾叛親離。無意中看到這樣對我充滿警示意味的電影，感覺彷彿人際中的某一個區塊，就像劇中人般，早已經分崩離析、卻一點也不自知，不禁嚇出一身冷汗。

這些年來，我在學校也開了一門《影劇與人生》的課程，它雖然不算在學生的畢業學分裡，選修的情況卻意外的熱烈。電影反映人生，隔著銀幕，學生和我一起探討人生的種種，譬如：看《十二怒漢》，討論人權與人性；看《火戰車》，探討競爭的哲學；看《單車失竊記》，挖掘人性的極限；看《秋菊打官司》，釐清人情與法理；看《少年時代》，反芻年少輕狂的歲月；看《東京物語》，討論因應老人社會的來臨；看《天鵝宴》，區隔通權達變與逢迎阿諛；看《編織的女孩》，和學生一起思考沉默的瓶頸；看《郵差》，模擬聶魯達觀看世界的方式……我們在教室裡，時而滔滔激辯，時而婉言條陳，以幾十雙不同的眼睛及心靈去細細體會導演的用心，當場交換彼此的心得，希冀植根於生活的電影能再度回歸現實的世界。我一邊上課，一邊享受著和年輕朋友相互切磋的快樂。鐘聲響起，我們從座位上起身走出教室時，每每眼睛裡還噙著感動的淚水。

這些年，或者是年紀漸長，對年輕時最青睞的愛情大悲劇已不復懷抱昔日的熱情，反倒逐漸偏愛看似平淡輕淺、實則深刻寫實的作品。其中，日本導演小津安二郎的一系列家庭劇，在一些看似無意義的空景鏡頭或男人淺斟低酌、女人絮絮叨叨裡，娓娓敘說了一個又一個饒富深意的故事，堪稱我的最愛。他的電影，極世俗，所有的鏡頭都在吃飯、穿衣、疊被、鋪床、酬酢親友、寬衣歇息間游移，沒有什麼了不起的高潮，固定式攝影機、甚至連演員都選用同樣的幾個人，可是，卻具體呈現出眞正的人生世相，絕不浮華張狂。他在夕陽餘暉中，描述原生家庭的注定崩潰；在熱海的滾滾紅塵裡凸顯進退失據的親

情；在斷續鳴放的汽笛聲中，嗚嗚咽咽出老人心靈的孤單。他昭告流轉世界的到來，告訴人們：放諸四海而皆準的信念或教條已然被顚覆，人活在現世裡，要早早學會接受。接受自己、接受別人、接受一個充滿遺憾的人生。否則，又能怎樣？過度期待的人生注定要失望的。傑出的導演，走在世界的前面，生在一百年前的小津，描寫平凡的生活，有種沉穩內斂的氣質；他用電影鏡頭明晰地說出他的觀察及應世之道，雖平實卻前衛。有人說：

「小津的電影應該每十年看一次，每次看，都會覺得內容不同，那不是電影的版本有改，而是觀者的人性成長，或是老邁的度數，或是感受性的深化等，所以每次與作品的交融狀況都會不一樣。」

而我每年幾乎都和學生一起看個兩次，即便頻率如此之高，每回都仍有著和上次不同的新鮮感，這眞是以前從未有過的奇特觀賞經驗。

因爲喜歡小津的作品，愛屋及烏，也愛上了小津最喜用的演員笠智眾。第一次在《東京物語》裡看到他，嚇了一大跳。那是一九九一年的秋日，距離父親辭世的春天，僅僅五個月。我和母親面面相覷，不敢相信有人竟然和父親長得如此神似。其實，演出《東京物語》裡的老父角色時，笠智眾才四十七歲左右，卻超齡演出，將「老邁」刻畫得淪肌浹髓，可見其功力之一斑。其後，我陸續看了《秋刀魚之味》、《早安》、《晚秋》、《晚春》、《麥秋》、《浮草》、《彼岸花》、《父親》……對他一逕謙和溫順的造型，留下深刻的印象，當然，其中或者也包含了我內心裡不爲人知的「移情」因素吧。去年，有人因爲看了德國導演溫德斯「尋找小津」裡接受訪問的笠智眾，覺得十分失望，在網路上直言：

「螢幕下的笠智眾忽然萎縮變成一個尋常無聊的日本老先生，微笑講著感念小津老師栽培，連回想一生的感觸都如此制式保守的日本人那一套，唉，笠智眾還是留在電影裡罷。」

我看了留言，不禁大笑。我才不看不扮演的笠智眾，上道的影迷應該懂得隔著銀幕思慕演員的道理，就請笠智眾仍舊留在電影裡罷！得空時，我還想在小津虛構的電影世界裡聆聽像父親一樣的笠智眾娓娓道說人間心事哪。

——原載二〇〇四年八月號二三八期《聯合文學》

卷四

常常走到軌道之外

——廖玉蕙答客問

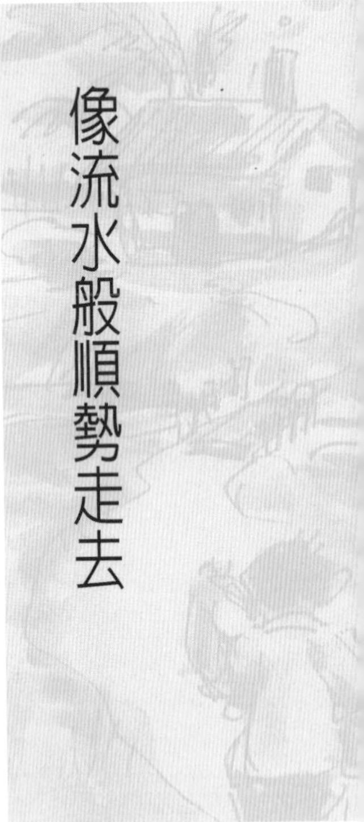

像流水般順勢走去

台南吳進財：當初你爲何愛上寫作之路？成爲今日的作家明星。而寫作是否給你生命充實、生活愉快呢？

我對「作家明星」這樣的稱謂感到不解，我寧可你稱呼我爲「文字工作者」。明星通常只絢爛一時，工作者卻常予人孜孜矻矻的長期耕耘形象。我雖不是多麼努力的寫者，可也不希望我的寫作只是曇花一現！

談到我的寫作之路，啓蒙的早，卻發展的遲！在課外讀物還是禁忌的年代，我最喜偷看愛情大悲劇的小說，經常偷偷在課本的空白處塗塗抹抹，作文藝少女狀。大學時，除積極參與編輯校刊外，也曾在當時刊載重要文藝作品的《幼獅文藝》擔任編輯。當時，看得多，寫得少。覺得自己眼高手低，不如藏拙。三十五歲時的一次意外投稿，得到當時人間副刊主編金恆煒先生的鼓勵，以實質的快速登載，來維繫我的寫作熱忱。從此筆耕成癡，無法自拔。

您說得對！寫作確實給我帶來生命充實、生活愉悅！否則，依我這麼一個缺乏常性的懶人，老早找各式藉口，從寫作的行列脫隊「落跑」！因為尋求題材之故，我必須「眼觀四面、耳聽八方」，並細細體會人情世故之美，感受人間必然之惡；因為下筆為文之故，我必須思考、分析、歸納，讓寫出的東西言之成理、井然有序；因為想突破瓶頸、作深度探討，我必須勤加閱讀、不恥下問。雖說用心良苦，終因個人秉賦及學養等的侷限，未能如願寫出好作品。但在追求過程中，我因學、思不斷而感受到生活裡起了很大的變化！

這眞是一個美好的經驗，不停地聽、好奇地問、仔細地想，像流水一般，只要稍有空隙，便順勢走去，常常因之看到奇特的風景！這是寫作之前的我所從未享受過的愉悅經驗，也是我最樂意向有心從事創作的朋友大力鼓吹及推薦的高度享受！

——原載二〇〇〇年二月二十八日《自由時報・副刊》

找好男人像買公益彩券

台北縣陳傳穎：As a woman leader, how can you handle your enterprise and your own family? How can you look after both sides?

去年十二月參加研究所面試，一位教授問了我上面的問題。當時的我，以生澀的英文，做了簡單的回答。大概就是希望在忙碌的事業之際，能夠有另一半的支持，使得在職場上獨當一面的女性主管，無後顧之憂地去彩繪經營企業的藍圖。

近年來，由於教育普及，女性意識抬頭，女性在職場上的表現與影響力不可小覷。如何兼顧家庭與事業的確是個值得思考的問題。我認爲不僅僅是身爲女性領導人，絕大多數的職業婦女，都會遇到這樣的處境。工作與家庭的抉擇，會是個兩難的問題嗎？請問是否有過類似的經驗，又是如何面對呢？您的工作是否曾影響您與家人的相處？工作與家庭的重視程度，又該如何取捨？

在台灣，兼顧家庭與事業的掙扎，常常給女性帶來無限的焦慮！而卻似乎從來不成其爲男性的困擾！可見距男女平權的確切落實，還有一段遙遠的路途。

誠如你所說，許多傑出的女性在職場嶄露頭角，其影響不容小覷。未來被預言是女性的世紀，兼顧家庭與事業應該不再成爲現代女性不能承受之重！一方面是分工日細，許多傳統女性必須躬親從事的家務，將被前衛的家電及無所不在的服務業所取代；一方面則是兩性平權觀終將因應時代的潮流而逐漸紮根！我們期待這樣的未來早日來臨。而在此之前的過渡期，女性恐怕還得焚香沐浴，祈求找到一位「深明大義」的新好男人，非但不嫌棄拖地、晾衣服、換

屎片等不登大雅的細事！而且不自私且不嫉妒地支持有志的太太，開闢屬於自己的天空！

在此時此地，尋找分擔家務的男人不是太難，但要找到眞正容忍太太比他傑出的男人則又不是那麼簡單！想起來有一點像是買公益彩券，中獎率看起來不低，但要中萬元以上的大獎，機會又似乎微乎其微！造成這樣的大男人主義，女性當然難辭其咎！男人被傳統女人嬌寵太久，中毒太深，要他們改弦易轍，女性得學會等待！而我一向在買彩券一事上，連小獎都從未中過，獨獨在擇偶上，抽到了上上籤！人家不是說：傻人有傻福嗎？因爲傻，所以常常不自禁地示弱，絕不角勝爭雄。男人喜歡仗義行俠，濟弱扶傾，我因之受惠不盡。

至於說到家庭與事業的比重，對初中三年從未分解出一題分解因式的我而言，這道題目實在太難了！說實在的，我從來都沒想過哪！

——原載二〇〇〇年二月二十九日《自由時報．副刊》

人生苦短，豈忍耽溺沮喪？

洪樹彰：讀了你的作品，覺得你的家人都很好玩、很溫馨。雖然你也提到兒子表現不乖、女兒讓你出糗的事，但看來還是很快樂的家庭。是不是只要誇大悲傷或生氣的情緒，悲傷的就變成黑色幽默、生氣的就顯得可笑？

風信子：我非常喜愛你的作品，活潑生動的內容讓我覺得閱讀成為在我的日常生活中不可或缺的休閒。在您的著作當中，可以感受到老師是一位相當開朗的人。在生活中有壓力或不愉快的事情發生時，該如何是好呢？

兩位朋友都不約而同提到生活愉悅的問題！憑良心說，這是我摸索好久、付出很多代價才稍稍有所領悟的。我並非天生幽默開朗！只要年輕時跟我有過密切交往的朋友（尤其是男性朋友）甚少沒有吃過我的彆扭所造成的苦頭的！

寫作讓我不止息的反省生活，演講鞭策我不停歇地將建立的體系付諸實行！即使在修行多年的現在，不諱言的，依然常有失控的時候！寫作其實是一種對生命經

驗的揀選，有人管那叫「虛構」，因之懷疑作者在竄改人生！而實際上或者稱之爲「趨吉避凶」也還算適當！千萬別誤以爲我成天齜牙咧嘴的微笑！披頭散髮地追趕、張牙舞爪地罵人，雖不至於「無一日無之」，但一月發作一次，算是保守的估計！雖然我的兒女常是肇禍的原因，但如果你對此稍有疑問，我保證他們會極樂意出來作證！

洪先生說得好：「只要誇大悲傷或生氣的情緒，悲傷的就變成黑色幽默，生氣的就顯得可笑！」這就是寫作和演講的功效。當我生氣的時候，就向電腦靠攏！悲傷的時候，甚至不惜向聽講的觀眾索取同情！和一千在家備受荼毒的隱忍父母同仇敵愾！文章寫完了、演講結束了，大夥兒互道珍重，又分別生氣勃勃地回家和頭角崢嶸的孩子奮戰。你若沒有寫作或演講機會，想法和孩子同學的家長結盟，絕對不會感到孤單。

另外，生活中若少了壓力，如何驅迫前進？生命如沒了不愉快的事，又豈知什麼叫「愉快」！壓力太大時，就選擇一個可以依靠的肩膀流淚傾訴，然後，積累溫柔的安慰爲動力，奮起解決；不愉快的事情發生，就找機會宣洩，或者痛哭、罵人，或者爲自己找點樂子，絕對不要壓抑！壓抑會導致內傷累累，提前崩潰！在這一點上，人得學會自私！

其實，只要多想想人生苦短，相信便不忍耽溺在沮喪的情緒當中！

——原載二〇〇〇年三月一日《自由時報‧副刊》

以五十歲的世故譏嘲十八歲的天真？

呂煥雄：聽說你有一個兒子（很帥）和女兒（很美）。請問，請問我們作父母的人，到底要如何才能當兒女的朋友，時常也嘻嘻哈哈的呢？我的兒子說我是LKK，可是我覺得還好嘛！

呂先生所言差矣！我的困擾全出在女兒有點帥、兒子有些美，和一般的標準完全相反！

要當兒女的朋友，無非是希望他們能對你推心置腹、無所隱瞞，而非實際上的勾肩搭背、沒大沒小。這中間其實有些矛盾，最怕搞到後來只剩了「親生狎」的目無尊長卻仍獨獨缺少親密溝通。所以，還是繼續作他們的父母吧！只消剔除心裡不時蠢蠢欲動的威權。

作父母的，常被兒女譏爲嘮叨！之所以淪爲嘮叨，乃起因不放心，之所以不放心，是因爲自認年齡稍長，「吃的鹽比你們吃過的飯多」。問題是：鹽吃得過多容易得高血壓，拿鹽來當飯吃，當然會產生嚴重的副作用。所以，想和兒女有良好的互動，首先得有求知慾，隨時了然這個時代的新趨勢！其次，見到兒女的不長進行爲，得常常回想自己尷尬難馴的過去。兒女十歲，沉迷漫畫，你便回首十歲時的心情，溫習一下當時的心境；兒女十七歲，討厭聯考的壓力，你便回到十七歲時的不耐煩心境，思考當時是否已經像今日般成熟睿智、確知知識的重要！如果你的當年和兒女並無二致，那麼首先應譴責自己的遺傳基因，其次想想年少時曾嚮往被如何對待？所以，適度的將心比心，將使你減低憤怒、增進了解，進而接受孩子的沮喪情

緒，一起研商改進之道。兒女們最討厭的便是父母以五十歲的世故來譏嘲他們十八歲的天眞！

現代父母，應該學習以幽默的態度取代僵化的思考、以正面的肯定代替負面的批評、以分享分擔取代教訓及期待、以民主的胸襟取代威權的頭腦！其中尤以「分享」的觀念最能打動人心，將腳步踏實地踩在和兒女一般的高度，不再自恃強大，偶爾也坦白示弱、不害羞地向兒女索求愛情，和兒女平起平坐地求知、並分享生命的滋味……啊！現代父母的功課眞是繁重啊！而我，雖然努力以赴，成績恐怕也僅在及格邊緣打轉罷了！

——原載二〇〇〇年三月二日《自由時報・副刊》

常常走到軌道之外

台北市張麗葉：作家是不是都文如其人？你的文章很幽默，文章內說你很迷糊。是不是這樣才能寫出幽默的文章？

彰化李彩萍：你的文章都很爆笑，那些情節都是眞的嗎？或是只是你心情愉快寫出來的？請問如何寫幽默又不失三八的文章？

我不確知是否寫出了幽默的作品，卻清楚知道自己的迷糊與三八。麗葉及彩萍兩位小姐費心地爲我這兩項不太高尙的品德找到「幽默」這個新鮮且善意的詮釋，眞讓我感激涕零！由是我開始細細思索其間或者稱之爲「硬拗」亦不爲過的關聯。

因爲迷糊，使我常常莽莽撞撞地闖進許多原本循正常軌道不易進入的境地。或者誤打誤撞地見識了新奇的事物；或者因緣際會地串起特殊的情緣；也或者糊里糊塗地闖下了大禍。原來，脫離了軌道，什麼都變得無法掌握。這樣的發現，讓我深深嘆服生命的奧妙！感受人生底層無法探測的深度！我對人與自然的變幻莫測，因之有了近乎盲目的崇敬並萌生無限的好奇！覺得頑皮地換另一種角度來詮釋人生，又誰曰不可！而人之所以顯得三八，正是因爲經常對正經的事做不正經的解釋，以至於引得自己吃吃發笑、無法遏抑！因此，我的三八其實是植基於迷糊。經常胡思亂想、自得其樂！

迷糊帶來最大的壞處，是常常走到軌道之外，延誤了急迫的所謂「正事」；（其實什麼才堪稱「正事」？）迷糊的好處是隱約知道正事反正已經被貽誤了，索性就不按牌理出牌、胡搞瞎搞，讓受害者眼花撩亂、不知如何下手報復！何況，一位稍具良知的人，對自己因迷糊所闖下的爛帳總有幾分心虛，對人便多了分謙遜！時時不忘調侃自己、自娛娛人！而且迷糊的人最易忘事，對仇恨的記憶幾近於零；三八的人最爲阿Q，對不如意的境遇總能找到最不可思議的安慰。以此之故，筆下常常顯露出異乎尋常的軟弱、詭異多端的詮解及近乎殘忍的自嘲！這些，也許都被善良的讀者解讀爲幽默吧！

——原載二〇〇〇年三月三日《自由時報・副刊》

那場夾雜著絲瓜煎蛋香味的歡會

高三同班葉麗珠：三十多年未見面，但是你的「成就」也讓同窗的我常沾沾自喜。每每看到你的文章就要趕快向外子炫耀「這是我高三班長寫的！」這也算生活的愉悅吧！

民國五十七年大專聯考放榜前或後，不知何因，一群同學（七人以上吧？已不記得人數與名字）一起到潭子府上找你（記得嗎），那時大家竟然毫不客氣地留下來午餐。一桌子的菜色已模糊，單有一道「絲瓜煎蛋」讓我永遠懷念。印象中絲瓜是自種的，剛摘下，由嫂嫂烹煮。在那之前，不知何故，我就是不敢吃絲瓜。自吃了那甜美的絲瓜煎蛋後，就對絲瓜情有獨鍾。婚後每當絲瓜盛產季節，就常買來，也常做絲瓜煎蛋，但總沒有在潭子府上吃到的那種感覺。有次看到你有篇文章描述令姐服務於鐵路局，而火車經過潭子家旁……絲瓜煎蛋馬上浮現腦海，更極力想像絲瓜是種在那裡？……雖然三十多年來不曾見面，但是在潭子府上吃到的絲瓜煎蛋，帶給我一生愉悅的懷念。在此，深深的道謝，並請向嫂嫂轉達我的謝意，更希望你能將它寫下，分享大家。

讀者的來信踴躍，不及一一回答。容許我自私地保留最後一日的答問給這位多年未見的老友。

一場幾已忘懷的記憶，在塵封多年後，隨著香甜的絲瓜煎蛋，香噴噴、甜滋滋的上場！這兩日，不管出門或窩居在家，我的臉上總掛著忍不住的笑容！那心情，像是久雨的冬日，乍然遇上了陽光！

三十多年了！那場夾雜著絲瓜煎蛋香味的歡會，一直被擺進秘密存封的記憶裡。大夥兒在我家頂樓陽台上的合照，透露了即將迎接大學新生活的雀躍。陽光透過頭頂花架上的九重葛枝葉，在眾人新燙的頭髮上灑下了斑駁的花影。如今取出重加回味，平添了幾許的甜蜜與辛酸！號稱死黨的幾人，隨著際遇的牽引，像離散的蒲公英般，各自飛到了不同的方向！

去年舊曆年，我到加州探親，巧遇死黨中可稱是領導人的譚靜。所謂「人生不相見，動如參與商，今夕復何夕？共此燈燭光！」那種恍如夢寐的情緒，眞如杜甫〈贈衛八處士〉所寫！兒女忽成行的我們，談到別後的種種及各自的遭際：在台灣新女性運動中堅毅奮戰的何春蕤、在紐約大雪裡徬徨無主的張紅珠、在台北任教高中的張莉莉……，還有她自己初到美國時的窘迫艱辛。而我，則感嘆著在台北文學聚會場所中，偶然遇著老友何春蕤時，二人近乎失措的生疏！說著、說著，都不禁紅了眼眶！

沒想到，年終歲暮，居然傳來何腦瘤開刀的消息。我著急地四下打聽！知道手術順利的那日，我在熄燈的暗夜靜靜流下眼淚，這才知道兒時的友情容或牽繫不易，卻是最純、最眞！然而，也只能是這樣，並未急急奔赴探病！畢竟三十多年的睽隔是無法用一次突兀的殷勤來縫補的。

你眞是個細心的人，信裡對絲瓜種在何處的懷疑，讓我見到了你對生活的認眞！其實，姊姊任職鐵路局時，我讀小學，住在前臨縱貫公路、後憑縱貫鐵路的老家！約莫初中時，才搬遷到你到過的那個種了絲瓜的新家，緊鄰加工出口區。文學雖然容許虛構，但類似自傳式的散文寫作，仍以眞實爲佳！謝謝你提出的疑問。

除了知道你已婚外，從來信裡無法得知你的進一步消息！願意多聯繫嗎？謝謝你還記得我是班長。我這班長眞是不負責任！幾十年來，未嘗召開同學會，任憑高三七班的同學相見不相識！如果可能，是否可以自行罷免呢？

——原載二〇〇〇年三月四日《自由時報・副刊》

廖玉蕙作品集 12

像我這樣的老師

A teacher like me

著者	廖玉蕙
繪者	蔡全茂
發行人	蔡文甫
出版發行	九歌出版社有限公司 臺北市105八德路3段12巷57弄40號 電話／02-25776564・傳真／02-25789205 郵政劃撥／0112295-1
九歌文學網	www.chiuko.com.tw
印刷	晨捷印製股份有限公司
法律顧問	龍躍天律師・蕭雄淋律師・董安丹律師
初版	2004（民國93）年10月10日
增訂新版	2012（民國101）年12月
新版2印	2014（民國103）年7月
定價	**280元**

書號 0110712

ISBN 978-957-444-857-9

（缺頁、破損或裝訂錯誤，請寄回本公司更換）

國家圖書館出版品預行編目資料

像我這樣的老師 / 廖玉蕙著；蔡全茂圖.
-- 增訂新版. -- 臺北市 : 九歌, 民101.12
面；　公分. -- (廖玉蕙作品集 ; 12)
ISBN 978-957-444-857-9(平裝)

855　　101021920